O Super Silva

Ivan Jaf

Ilustrador: César Lobo

O texto ficcional desta obra é o mesmo das edições anteriores

DIRETOR EDITORIAL · Fernando Paixão
EDITORA · Gabriela Dias
EDITOR ASSISTENTE · Fabricio Waltrick
APOIO DE REDAÇÃO · Pólen Editorial e Kelly Mayumi Ishida
PREPARAÇÃO · Carlos Alberto Inada
COORDENADORA DE REVISÃO · Ivany Picasso Batista
REVISORA · Claudia Cantarim

ARTE
CAPA · Exata
PROJETO GRÁFICO · Tecnopop
EDIÇÃO · Cintia Maria da Silva
EDITORAÇÃO ELETRÔNICA · Antonio Ubirajara Domiencio e Exata

CIP-BRASIL. CATALOGAÇÃO NA FONTE
SINDICATO NACIONAL DOS EDITORES DE LIVROS · RJ

J22s
4.ed.

Jaf, Ivan, 1957-
O Super Silva / Ivan Jaf ; ilustrações César Lobo. -
4.ed. - São Paulo : Ática, 2007
120p. : il. - (Sinal aberto)

Apêndice
Inclui bibliografia
Contém suplemento de leitura
ISBN 978 85 08 10656-1

1. Violência - Literatura infantojuvenil. 2. Drogas - Literatura infantojuvenil. I. Lobo, César. II. Título. III. Série.

06-3021. CDD 028.5
CDU 087.5

ISBN 978 85 08 10656-1 (aluno)
CAE: 211202 - AL
CL: 735398

2023
4ª edição, 10ª impressão
Impressão e acabamento: Bartira

Avenida das Nações Unidas, 7221
Pinheiros – São Paulo – SP – CEP 05425-902
Atendimento ao cliente: (0XX11) 4003-3061
atendimento@aticascipione.com.br
www.aticascipione.com.br

Um super-herói brasileiro

O que **você faria** se, de uma hora para outra, se visse na pele de um super-herói?

Pois é justamente o que acontece com **Silva**, um borracheiro do morro da Mangueira, no Rio de Janeiro. Em uma terça-feira de Carnaval, a vida dele se transforma completamente. Sem querer, ele se envolve em um emaranhado de aventuras, mal-entendidos e complicações. Nessa confusão toda, acaba salvando muitas pessoas de situações perigosas.

Daí para a **fama** é apenas questão de tempo, já que suas ações ultrapassam os limites da favela e ganham as **manchetes dos jornais**. Rapidamente ele se torna o Super Silva, paladino da justiça adorado pela multidão.

Só mesmo um herói com jeitinho brasileiro para enfrentar os desafios da vida no morro: **violência, tráfico, insegurança**. E Super Silva dá conta do recado com criatividade, improviso e muita presença de espírito.

Não perca!

- *As agruras do dia a dia num morro carioca.*
- *As confusões causadas pela imprensa na vida de uma pessoa.*

Você vai se divertir do começo ao fim com as **enrascadas e saídas mirabolantes** desse herói que, além de engraçado, é também um exemplo de calor humano e de solidariedade.

No fim do livro, descubra ainda mais sobre o Super Silva lendo a entrevista exclusiva com seu criador, Ivan Jaf.

Sumário

CAINDO NA FANTASIA

Silva dobrou o jornal com cuidado, como se fosse sair sangue, e o jogou no chão. Depois coçou a imensa barriga e a sujou de graxa. Disse um palavrão e olhou em volta, procurando algum pano limpo.

— Um pano limpo por aqui... é ruim... — sorriu, desesperançado.

Tirou a graxa com um pedaço de estopa ensebada que fazia anos vivia ali pela loja, como um pequeno animal de estimação. Aproveitou para tirar a graxa dos dedos também. E, já que os dedos estavam limpos, acendeu um cigarro. E coçou novamente a barriga.

Eram cinco da tarde de uma terça-feira de Carnaval. Fazia um calor desgraçado no morro da Mangueira, no Rio de Janeiro.

Às seis e meia ele continuava na mesma posição, quando afinal apareceu um cliente. O primeiro e único de todo aquele maldito dia. Um rapaz todo suado, vestido de mulher, rolando um pneu.

— É você o borracheiro?

— Não. Sou a mãe dele.

Silva se espreguiçou e custou a levantar do banco que já tinha sido de um fusca, encostado na parede dos fundos da borracharia. No caminho pegou o martelo de borracha e parou diante do pneu, já deitado no chão, a seus pés, como um inimigo abatido, pronto para ser massacrado.

— Não sei o que aconteceu. É um pneu novo — disse o rapaz.

— Não vou ter pena dele por causa disso.

Silva era um negro muito grande, um metro e noventa, pesava cento e dez quilos e tinha uma barriga enorme, voluntariosa, que não se sujeitava às camisetas, ficando sempre do lado de fora. Muitas vezes sonhava que ela estava estourando como um pneu.

Com seus braços fortes, era famoso por conseguir tirar um pneu do aro com apenas três marteladas. E foi o que fez, enquanto o outro o olhava assustado.

Arrancou a câmara de ar, como um índio escalpelando um homem branco que acabou de matar toda sua família, e a levou para o compressor. Encheu-a até quase explodir, depois a mergulhou na banheira cheia de água suja, empurrando para baixo com raiva, como se quisesse afogá-la, e girou a coitada, que se debatia aflita até começar a borbulhar, revelando o furo. Tirou-a da água com um puxão violento, apertou o bico com força, o ar saiu rápido, ela assoviou fino e murchou num último suspiro.

Enquanto a prensa quente colava o remendo, Silva caminhou até a porta da loja e olhou a rua.

— Estou de saco cheio — filosofou. — Vou fazer quarenta anos e... me diga... o que consegui na vida?

— ...

— Sociedade numa borracharia no pé de uma favela barra-pesada. Uma maldita borracharia aberta vinte e quatro horas, todos os dias do ano, incluindo o Carnaval. A merda de uma borracharia que não dá dinheiro nenhum. E sabe por quê? Sabe?

— Nã... não — gaguejou o outro, ajeitando a alça do sutiã.

— Porque quase ninguém tem carro por aqui.

— É...

— No começo, uns dez anos atrás, tive uma ideia que até parecia boa. À noite espalhava umas tachas aí pelas ruas. A freguesia aumentou... até furar o pneu do Paulão Tesoura. Fiz o conserto com dois trinta e oito e uma escopeta apontados aqui pra minha cabeça. Depois me obrigaram a engolir a tacha e fui pra casa morrer perto da família. Mas a patroa me preparou um purgante de arruda e ficou tudo bem.

— É... arruda é muito bom pra...

— Não precisa conversar, não. Estou só desabafando. Qualquer pessoa servia.

— Tudo bem.

— Me conformei. Preferi morrer de tédio, esperando que os pneus furem naturalmente aí por perto. É como uma funerária. A gente vive da desgraça dos outros — cuspiu. — Mas passar o Carnaval trabalhando enquanto todo mundo se diverte é demais.

Deu um passo na calçada, chutou uma lata vazia para dentro da vala negra, disse um palavrão e olhou para a lâmpada vermelha que acendia quando a prensa terminava o serviço. Ela apagou. Ele sempre conseguia. Como a cozinheira que sempre chega a tempo de apagar o fogo antes do leite derramar. Tirou a câmara de ar, tornou a enchê-la e a afogá-la na banheira. Tudo certo. Nenhum vazamento. Enfiou-a entre o aro e o pneu e voltou a martelar. Três vezes. Três golpes secos. Colocou um pouco de graxa no bico.

— Cinco reais.

O rapaz vestido de mulher não disse uma palavra. Pagou e foi embora rápido, rolando o pneu agora cheio.

Silva enfiou o trocado no bolso da bermuda e desabou novamente no banco de fusca. Aí coçou a barriga. E a sujou de graxa de novo. Suspirou, olhou para a estopa e sentiu vontade de tocar fogo em tudo.

Xavier, o sócio, só chegou às nove horas da noite, e muito contrariado porque ia perder o desfile dos blocos no centro da cidade:

— Quebra o galho — implorou. — Fica essa noite aqui no meu lugar. Eu trago até a tevê pequena da patroa. E o dinheiro que entrar é teu.

Silva olhou para baixo com raiva. Xavier tinha pouco mais de um metro e meio e pesava cinquenta e cinco quilos. Quando os dois sócios andavam juntos na rua parecia anúncio de circo chegando à cidade.

— Vou fingir que nem escutei. Boa noite, Xavier.

E finalmente saiu da borracharia.

— Vai levar o martelo? — ainda perguntou o outro.

— A Tereza pediu pra eu desempenar umas panelas. Tem outro lá atrás.

A rua estava deserta, todo o comércio fechado, só um ou outro bêbado cambaleando, alguns vira-latas sem rumo, gatos pulando muros e ratazanas correndo de um bueiro para outro. Era uma lenta subida até o barraco. Silva seguiu, arrastando sua barriga, desiludido com a vida.

Quando passou em frente à birosca do Atílio sentiu o dinheiro do conserto do pneu no bolso da bermuda e parou para tomar uma branquinha. Afinal era Carnaval.

— Bota aí uma água que passarinho não bebe — foi entrando e pedindo.

Atílio encheu até a borda um copo de geleia encardido e Silva o virou goela abaixo de uma vez só.

— Mais uma.

— O freguês manda. Trabalhando até agora?

— Pois é.

— Eu também.

— Saco.

— É. Quer tomar uma cerveja, Silva?

— Tô duro.

— Eu tava aqui triste, sozinho. A cerveja é por conta da casa. E acho que ainda tem um resto de caldo de mocotó.

Passava de uma hora da madrugada quando Atílio fechou a birosca e Silva tomou novamente o rumo de casa.

— Tá esquecendo o martelo — lembrou Atílio.

Havia tomado quatro caninhas, oito cervejas e três canecas de caldo de mocotó. Quando esbarrou num poste e pediu desculpas percebeu como estava doidão.

A rua continuava deserta, e ele subia com cuidado porque havia ainda muita lama das últimas chuvas. Aconteceu justamente no alto de um barranco. O pé direito pisou no cadarço do tênis do pé esquerdo. Tropeçou, a imensa barriga foi para a frente, tentou encontrar alguma coisa para se segurar mas tombou para a esquerda e rolou pela ribanceira, escorregando entre o mato e a lama.

Foi tudo muito rápido e quando abriu o olho viu o céu estrelado, o corpo no meio de um monte de lixo.

Não estava machucado e começou a rir.

— Era só o que me faltava.

Ao tentar se levantar espetou a mão numa ponta de plástico duro, dourado. Era um capacete, com duas pontas dos lados, grandes, como orelhas de burro. Achou bonito e pensou em levar para o filho. Olhou em volta com atenção e viu um pano preto brilhante. Era uma capa, com uma máscara na ponta.

Havia caído num monte de restos de fantasias de Carnaval.

A maioria estava rasgada, imprestável, mas encontrou um cinto largo, cheio de pequenas bolsas com presilhas, uma roupa colante azul e vermelha com um grande S desenhado no peito e duas botas macias de borracha vermelha com riscos pretos.

Ele sabia. A tevê da casa de Silva ficava ligada a manhã toda, os dois meninos com a cara grudada nos desenhos animados.

A capa era do Batman.

O capacete era do Thor.

A malha, do Super-Homem.

As botas, do Homem-Aranha.

Colocou a capa, enfiando a máscara. Era Carnaval. Sentiu-se bem. Vestiu a roupa por cima da bermuda e da camiseta. Ficou apertada, mas entrou. Só na altura da barriga a malha não resistiu e abriu um rasgão que ia de um lado ao outro, bem embaixo do S.

— Nem os poderes do Super-Homem seguram essa barriga.

Aí calçou as botas. Ficaram apertadas, os dedos espremidos como sardinhas na lata:

— Mas dá pra andar.

Silva ia se sentindo cada vez melhor, feliz como uma criança. Amarrou o cinto abaixo da barriga, nas bolsas guardou seu tênis velho, os cigarros e o isqueiro.

— Vou entrar num bloco e cair na gandaia — decidiu.

Antes de subir a ribanceira procurou o martelo de borracha. Encontrou-o perto do lixo, numa moita de capim. Lembrou do capacete dourado do Thor.

Colocou-o na cabeça, ergueu o martelo com a mão direita e gritou:

— Tchan!

NASCE UM HERÓI

Havia muitos barrancos baldios como aquele espalhados pelo morro, lugares onde seria impossível erguer um barraco, e que as pessoas aproveitavam para jogar o lixo, já que os órgãos de limpeza pública fingiam que por ali não morava ninguém.

Subiu com dificuldade, agarrando-se ao mato, escorregando na lama. A sola da bota do Homem-Aranha era muito lisa.

— Queria ver ele grudar nos edifícios com uma porcaria dessas.

Estava quase chegando quando ouviu, vindos lá da rua, dois homens:

— Sai fora. Corre. Ou vou te enfiar uma azeitona bem no meio da testa.

— Não faz isso. Tô trabalhando. É minha mercadoria.

— Não vou repetir. Tu vai perder a vida. Cai fora!

Olhando de trás de uma moita, Silva viu um sujeito apontando a arma para um rapaz que não queria entregar seu isopor cheio de latinhas de cerveja. Reconheceu o rapaz. Era o Betinho Xará. Enteado do cunhado da ex-sogra de um antigo vizinho, ou algo assim. Ia morrer por causa das cervejas.

"Investiu nelas pra faturar uma grana no Carnaval e não vai se conformar em perder tudo assim, na mão grande", pensou Silva.

O ladrão esticou o braço. O trinta e oito ficou a um palmo da cabeça do Betinho.

— Se prepara pra morrer, sangue ruim.

Fez sem pensar. Pulou do mato com muita raiva e acertou uma martelada com toda a força na nuca do bandido. Uma só. O barulho foi parecido com o de um pneu velho descolando do aro. O homem caiu para a frente, enterrou a cara na lama e ficou lá.

Betinho Xará iria contar pelo resto da vida aquela história do super-herói saindo do mato para salvá-lo no último minuto. Custou a entender, paralisado de susto.

Silva também ficou parado, olhando o que tinha feito, sem acreditar. Uma das leis do morro é não se meter na vida dos outros, muito menos interferir num assalto à mão armada, porque sempre sobram uns tiros para o seu lado.

"Deve ter sido a bebida", pensou, "e essa roupa maluca".

— O... o... obrigado..., xará... Va... valeu mesmo... — conseguiu gaguejar o rapaz.

— Tudo bem. — E então Silva percebeu que Betinho não o havia reconhecido. Por algum motivo isso lhe deu uma sensação muito boa e deixou assim mesmo. E ainda curtiu: — Estou aqui pra ajudar. Pode ir.

— Que... quem é você, xará?

"Está tão assustado", pensou Silva, "que vou tirar um sarro com a cara dele. Outro dia digo quem sou".

— Um paladino da justiça — respondeu, como na tevê.

— Co... como posso a... gradecer?

Silva coçou o capacete. Não tinha pensado nisso antes, mas era justo:

— Me dá uma gelada dessas e tudo bem.

Com a mão tremendo, Betinho abriu o isopor e deu seis latinhas. Depois se afastou, descendo a rua quase correndo, dando rápidas olhadas para trás.

Silva ficou lá, amparando as latas na capa do Batman, pensando se ficava bem para um super-herói pedir cerveja pelos seus serviços.

— É Carnaval — concluiu, e abriu uma.

Colocou as outras cinco nas bolsas do cinto de utilidades.

— Sujeito esperto, esse Batman.

Continuou subindo o morro, esperando encontrar algum bloco, ou uma roda de samba, para poder curtir a fantasia. Antes, pegou do chão o revólver do ladrão e o jogou no mato. Não gostava de armas.

A rua continuava escura e deserta. Ouvia-se uma batucada ao longe, no alto do morro, mas por ali nem parecia Carnaval.

"O pessoal deve estar na quadra", lembrou Silva, "ontem foi o desfile das escolas de samba".

Pensou em ir até lá, mas ficava do outro lado do morro, no asfalto, já quase chegando à estação de trem.

Um carro passou por ele, subindo. Um fusca velho, com o nome de um jornal vagabundo, *O Povão*, escrito em letras vermelhas bem grandes nas duas laterais. Um pouco adiante caiu num buraco, uma das calotas de trás se soltou e desceu rolando, rolando, até parar perto dos pés de Silva.

Gritou avisando, mas o motor fazia tanto barulho que não ouviram.

Silva pegou a calota. Era das antigas, aço puro e grosso.

"O Amaral do ferro-velho pode me dar um trocado por ela", lembrou.

Mas havia um problema. Estava faltando mão. A cerveja na esquerda, o martelo na direita, como levar a calota?

— Garanto que o Thor nunca passou por isso.

Ajeitou então a calota por baixo da malha do Super-

-Homem, e ela se encaixou perfeitamente, cobrindo a ponta da barriga, bem na altura do rasgão.

Abriu outra latinha e continuou andando.

— Sujeito esperto.

Em seguida passou outro carro, indo na direção do primeiro, só que bem mais rápido e silencioso. Era um Opala da polícia, escuro e sinistro. Silva instintivamente se escondeu atrás de um poste. Ficou como um boi tentando se esconder atrás de uma bananeira, mas a polícia não estava interessada nele e passou direto.

"Onde será que esses carros vão, se a rua não tem saída?", pensou, enquanto prosseguia, mas logo na frente entendeu.

Um homem e uma mulher, os ocupantes do fusca, estavam fora do carro, colados num muro, as pernas abertas e os braços esticados para cima. Os dois policiais haviam saído do Opala e apontavam as armas, gritando para eles não se mexerem. Um deles começou a revista.

Silva foi se aproximando, por trás das pilhas de lixo e restos de entulho de uma obra.

— Estão limpos — disse um dos policiais.

— Somos jornalistas. Não está vendo? — gritou a mulher.

— Vieram é comprar droga — falou o outro.

— Isso é um absurdo. Estamos trabalhando — ela se defendeu.

— Não encontrou nada mesmo?

— Estão limpos — repetiu o primeiro.

— Se não têm nada... a gente coloca no bolso deles.

Os dois riram. A mulher começou a chorar.

— O que vocês querem? — perguntou o motorista do fusca.

— Um mundo melhor pras criancinhas... o que você acha, otário? Queremos grana, senão forjamos um flagra e os dois dançam feio.

Ficaram um tempo em silêncio, tensos, até que os quatro ouviram uma voz bem atrás:

— Ô, autoridade...?

E viram aquele maluco fantasiado, ali parado, com uma latinha de cerveja e um martelo de borracha, meio sem jeito, como se já tivesse se arrependido de ter aparecido. Mas era tarde demais e Silva continuou:

— ... eu tava passando... ô, autoridade, isso não é legal... não faz, não...

O policial mais próximo olhou para o amigo e balançou a cabeça:

— De onde saiu esse doido? — E, meio rindo, deu dois passos para a frente com a escopeta apontada.

Silva tinha raiva de armas, e um medo desgraçado também, e então, num reflexo muito rápido, esticou o braço com o martelo e atingiu o policial bem na testa. Tinha pensado só em afastá-lo, mas a escopeta voou longe, o sujeito caiu para o lado, bateu contra a lataria do Opala e foi escorregando lentamente para o chão.

Silva viu horrorizado o que tinha acabado de fazer e olhou para o outro policial no instante em que este apontava a automática e atirava.

Viu a faísca de fogo saindo do cano em sua direção e sentiu o impacto da bala, como num pesadelo. Fechou os olhos para não ver a cara da morte.

Mas abriu os olhos, viu que ainda estava de pé e que o outro ia atirar novamente e, em completo desespero, atirou o martelo com toda força na direção dele. Acertou-o no meio da cara. Deu para ouvir o osso do nariz quebrando. O policial caiu, primeiro de joelhos, depois tombou com o corpo todo para a frente, como uma árvore podre.

Uma luz forte o cegou por segundos. Cobriu o rosto apavorado, esperando receber mais tiros.

Era apenas o flash da máquina da jornalista:

VVVVVVUP
CRAC

— Pô, cara... você foi o máximo! Olha o que fez...

— É... eu fiz...

Ainda não sabia por que continuava vivo. Só depois se lembrou da calota.

— Como você se chama? — ela perguntou.

— Si... Silva.

Não queria ter dito o nome. Só sair correndo. Agora era tarde.

— Silva — ela repetiu. — E a bala... não entrou...

— É...

— Um homem de aço.

— Não, é que...

Mas o motorista se adiantou, colocou uma grana na mão de Silva e puxou a mulher pelo braço:

— Vamos cair fora rápido.

— Pra que isso? — espantou-se Silva.

— Tirou a gente do maior sufoco. Merece uma recompensa. Agora é melhor se mandar também, antes que eles acordem. Você fez um estrago danado, irmão.

Entraram no fusca e saíram em disparada.

Silva recolheu todas as armas que encontrou e as jogou na vala negra que corria pelo lado direito da rua. Elas afundaram no esgoto e sumiram. Aí o policial de nariz quebrado gemeu e se mexeu; Silva levou um susto tão grande que saiu correndo. Teve uma estranha sensação de que poderia voar, mas passou logo.

É UM PÁSSARO? É UM AVIÃO?

Logo à frente começava a favela de verdade, com as vielas estreitas, os barracos de madeira, as biroscas. A subida agora era íngreme, mas quanto mais Silva pensava no que tinha feito mais corria para chegar em casa.

Já nem pensava em pular Carnaval. Queria só tirar aquela fantasia maluca, se enfiar na cama e ficar embaixo do lençol.

Então pensou:

"Não. É melhor não chegar em casa vestido desse jeito. Um vizinho me vê, espalha, acaba chegando no ouvido da polícia e eu me estrepo".

Mas não parou de correr e, justo numa curva, onde os barracos da esquerda sumiam e começava outro terreno baldio num grande declive, pisou na ponta da capa do Batman e com o impulso abriu os braços e despencou lá de cima.

— Comece a rezar.

O matador de aluguel olhava friamente para sua vítima e apontava o cano do revólver direto para o coração.

O homem chorava, implorando misericórdia:

— Não faça isso! Você já tem o dinheiro! Me deixa ir embora! Eu sumo daqui! Juro!

— Tá perdendo tempo. Reza logo.

Contra a luz da lua, o matador parecia ainda mais alto e magro. Todo de preto, curvado para a frente, a enorme arma prateada brilhando, era a própria imagem da morte.

Sua vítima estava a uns dois passos, de joelhos num monte de entulho, tremendo de medo.

Com todo o matagal em volta não podiam ser vistos.

— Eu não quero morrer!

O assassino cuspiu no chão e começou a apertar o gatilho:

— Ninguém quer. Bom, vamos acabar com isso. Saco, detesto trabalhar no Carnaval.

— Nããão!

Foi então que ouviram um grito e olharam para cima.

Viram um vulto enorme, com uma grande capa esvoaçante, vindo na direção deles de braços abertos.

O matador viu aquela grande sombra caindo e não teve tempo de escapar. Silva aterrissou sobre ele e o achatou completamente.

O homem que ia morrer, que já havia feito xixi nas calças de medo, nem conseguia se mexer.

Silva se ergueu com dificuldade, tonto, saiu de cima do outro, completamente desacordado, e ficou satisfeito por não ter quebrado nenhum osso. O sujeito ajoelhado a sua frente jogou-se chorando a seus pés e começou a beijar as botas do Homem-Aranha.

— Meu salvador... Meu salvador... que veio do céu... obrigado... obrigado...

— Tá maluco, sangue bom?

— Ele ia me matar. Dívida de jogo. Mas eu paguei. Eu paguei! Mas mandaram me matar assim mesmo.

Silva sentou no chão, ainda meio tonto, tirou duas latinhas de cerveja do cinto de utilidades, abriu uma e deu a outra para o homem, que continuava chorando. Este bebeu um longo gole e ficou mais calmo:

— Quem é você?

— Um paladino da justiça, ou qualquer coisa desse tipo — respondeu, já meio cheio de tudo aquilo.

— Salvou minha vida.

— Tamos aqui pra isso.

— Vou me mandar.

— Tudo bem.

O homem beijou a mão de Silva e disse, muito solene:

— O dinheiro está no bolso desse assassino profissional. Fique com ele. Adeus, seja você quem for. — E sumiu mato adentro, segurando as calças.

Silva terminou sua cerveja com calma, sentado sobre um bloco de tijolos. Depois enfiou a mão no bolso do homem desmaiado e tirou um envelope. Abriu e levou um susto:

— Ca... ramba! Não ganho isso em três anos... Mesmo com dez pneus furando todo dia!

O sujeito começou a acordar. Recebeu uma martelada na cabeça e apagou de novo. Silva já estava gostando daquilo.

Guardou o bolo de notas no cinto de utilidades, quebrou o revólver prateado com um pedaço de concreto, jogou os cacos no mato e resolveu tirar a fantasia ali, protegido pelo mato. Foi aí que ouviu a sirene da polícia e descobriu que a rua passava muito perto, bem atrás das moitas.

Do outro lado, o barranco, de onde tinha caído.

O único jeito de fugir foi pulando o muro de uma casa e entrando pela porta dos fundos.

Um casal discutia na sala.

— Sua sem-vergonha! — gritava o homem. — Eu não disse pra não sair com essa saia curta indecente?!

— Você não manda em mim! Todas as minhas amigas...

— Não quero saber!! Mulher minha não...

— Não sou um cachorro que você...

— Ah é?! Então toma! Pra aprender!

E deu um soco na mulher. Ela cambaleou, pegou uma garrafa para se defender, o homem a chutou e a agarrou pelo pescoço e começou a esganá-la. Estavam tão entretidos que não viram Silva passando. No caminho ele acertou uma marretada no lado esquerdo da cabeça do sujeito, que rodopiou, bateu com a testa na geladeira e desmaiou.

Ainda escutava os gritos da mulher lhe agradecendo enquanto atravessava o quintal. Saiu numa viela escura e escorregadia, onde dois rapazes vestidos de bebês, com grandes chupetas penduradas no pescoço e fraldões, seguravam uma moça pelos braços.

Ela se debatia e gritava. Estavam os três na frente de Silva e ele abriu caminho a marteladas. Acertou um deles no estômago e o pobre coitado murchou como um pneu furado. O outro levou uma no queixo, de baixo para cima, e voou sobre uma cerca de bambu.

— Obrigada!... Ei! Você? Quem é?! Obrigada! Ei! Pare!

A menina se pendurava em seus braços chorando, agradecendo, mas ele gritou:

— Me deixa! — livrou-se dela e continuou a correr.

Estava apavorado.

"A polícia mandou reforços e estão todos atrás de mim."

Era nascido e criado naquela favela. Sabia todos os caminhos. Entrou e saiu de becos sombrios, passou por baixo de palafitas espantando os ratos, pulou bueiros, sempre subindo, até chegar ao depósito de lixo. Foi ali, num canto escuro, que conseguiu tirar a roupa de super-herói.

Ia jogá-la na lixeira mas encontrou uma bolsa de plástico por perto e resolveu colocar tudo lá dentro e levar para as crianças.

— Tudo bem. Estou perto de casa.

Andou tranquilo até lá, tomando mais uma cerveja.

As luzes do barraco ainda estavam acesas. Procurou nos bolsos da bermuda e disse um palavrão.

— Esqueci as chaves.

O jeito foi bater na porta. Era muito tarde.

Escutou os passos da mulher. Tereza. Sabia o quanto ela estava furiosa pelo jeito que vinha pisando nas tábuas do chão. A porta abriu e ela apareceu, de mãos nas cadeiras.

Silva tossiu, deu um sorriso amarelo e disse:

— Meu bem, se eu te contar o que me aconteceu você não vai acreditar.

SENTINDO FIRMEZA

E não acreditou mesmo. O barraco chegou a tremer com a briga:

— Isso são horas de chegar em casa?!

— Não grita! Vai acordar as crianças!

— É bom pra elas verem o pai que têm!

— Já expliquei o que aconteceu!

— Ah! Ah! Me engana que eu gosto!

— Eu sei que parece estranho, amor...

— Amor é o diabo que o carregue! Então eu fico aqui em casa trancada e o safado do meu marido vai cair na gandaia! É? É? Pois amanhã a noite é minha. Vou me acabar na folia!

— O Carnaval acabou hoje!

— Infeliz! Então no ano que vem...

Àquela altura as crianças já estavam acordadas: Betinha, quinze anos; Valtencir, doze; e Bira, cinco. Os dois maiores dormiam num beliche, o menor num colchonete em frente à porta do banheiro, entre a tevê e a geladeira, e era pisado toda a noite. Todos ali, na sala mesmo.

O barraco era de madeira, espremido entre os outros. Além da sala, da cozinha e do banheiro havia mais dois cômodos, onde só cabiam as camas. Já se entrava pisando em cima delas. Num dormia Silva e Tereza, no outro a mãe dela, uma senhora implicante que dedicava sua vida a infernizar a dos outros.

Valtencir pulou do beliche e foi ver o que o pai trazia

na bolsa. Assim que tirou o capacete do Thor, Bira correu, se agarrou nas duas orelhas de burro e gritou:

— Me dá! É meu! É meu!

— Larga, moleque! — reagiu o irmão mais velho.

— Papai trouxe pra mim!

— Vou te dar uns cascudos se não largar!

Bira não largou e tomou os cascudos. Teve um ataque e caiu no chão aos berros.

— Eu quero dormir! — gritou Betinha, e atirou um tênis com toda a força na cara de Valtencir. Acertou bem no nariz. Ele avançou na direção dela e começou a sacudir o beliche, mas a menina chutou sua orelha esquerda. Valtencir começou a chorar e Bira aproveitou para morder a batata da perna do irmão com toda a força. Valtencir puxou o beliche para a frente com raiva, fazendo com que virasse. Betinha veio junto, gritando, e bateu com a cabeça nas pernas da avó, que saía do quarto para ver que diabos estava acontecendo.

A velha sofria de varizes e passou a gritar mais do que todo mundo junto, mas Betinha nem pediu desculpas; voltou furiosa e se atracou com os dois irmãos, que se engalfinhavam embaixo do beliche.

Nada disso fez com que Tereza e Silva parassem de discutir. Ele agora acabava de tirar as fantasias da bolsa e as sacudia na frente da mulher:

— Tá aqui! Não tá vendo?! Olha! Esse é o Batman! Não conhece o Batman?!

E vestiu a capa.

— Silva Soares do Amaral! Diga onde passou a noite!! Não me faça perder a cabeça!

— Aqui, ó! É a malha do Super-Homem! Vê?

E vestiu a malha.

— O que ficou fazendo na rua até essa hora?! E com esse bafo! Cachorro!

AI!
TUM

— Olha, a calota... o tiro bateu aqui. Tá vendo o amassado?! Tá vendo?

E ajeitou a calota em cima da barriga.

— É a mulher da barraca de verdura, não é? Eu sabia. Foi passar o Carnaval com aquela...

— E o cinto! Este aqui! É de utilidades! O cinto de utilidades do Batman, lembra?!

Colocou o cinto.

— Eu aqui me sacrificando... tomando conta das crianças... cuidando da mamãe doente... pra você sair por aí com a primeira que...

— E o capacete do Thor... como eu falei... viu... Diabo, quem quebrou essa orelha? Vou acabar com a tua raça, Valtencir!

E por fim colocou o capacete.

Mas ninguém lhe dava atenção. As crianças se esganando, mordendo, arranhando, puxando os cabelos. A sogra pulando numa perna só, gritando feito uma louca, a mulher com a frigideira numa mão, pronta para acertar sua cabeça.

— Vamos parar com esse barulho aí — gritou o vizinho da direita.

— A gente quer dormir! — berrou a mulher dele, tentando ver o que acontecia por entre as frestas dos barracos.

— Eu sou polícia! — ameaçou o vizinho da esquerda.

— Meu marido vai aí e mata todo mundo, seus favelados! — completou sua esposa, batendo com uma panela de pressão na parede de tábuas e derrubando o retrato de casamento de Silva.

— Teu marido pode ser PM — reagiu Tereza —, mas quando diz que está de plantão de noite vai é pro baile da "mamãe fui às compras", lá no salão da Rita Abacate.

— Sua vadia! Eu vou aí!

— Vem! Vem!

E foi então que Silva levantou o martelo de borracha com a mão direita e deu o maior grito da sua vida.

— TCHAAAANS!!!

Ficaram todos congelados.

Nunca tinham visto aquilo.

Aquele homem enorme ali, no meio da sala, vestido daquele jeito.

— Pô, pai... legal! — disse Valtencir, orgulhoso.

— *Manêro,* aí! — concordou Betinha.

— Eu quero o capacete! Eu quero a capa! É meu... é meu! — pedia Bira.

Silva sacudiu o martelo no ar:

— Quero todo mundo aqui calado arrumando a bagunça!

A velha, parada num pé só, caiu.

— Bota tua mãe na cama, Tereza, e vem conversar que nem gente.

Silva não conseguia entender direito por quê, mas todos lhe obedeciam. Até os vizinhos se calaram.

"Devia ter trazido esse martelo de borracheiro pra casa há mais tempo", pensou.

— Aí, Silva, senti firmeza — disse o vizinho da direita. — Boa noite.

— Boa noite. E vá cuidar da sua vida!

O beliche no lugar, Betinha e Valtencir deitados, a sogra na cama, Tereza sentada numa cadeira. Silva sentou também, pousou o martelo na mesa, colocou Bira, que o olhava fascinado, no colo e contou com detalhes o que havia acontecido aquela noite, em voz baixa, para os vizinhos não ouvirem.

Para sua surpresa, dessa vez Tereza acreditou. E as crianças também. Todos o ouviam de olhos muito abertos.

Silva nunca tinha visto aquele ar de respeito e admiração no rosto de sua família.

Experimentou uma felicidade como nunca sentira antes e deixou para o final a melhor parte. Tirou do cinto de utilidades do Batman o bolo de dinheiro que havia ganhado e o jogou em cima da mesa.

Betinha e Valtencir pularam do beliche para ver de perto. Tereza nem piscava, a boca meio aberta. A sogra veio se arrastando. Bira esticou a mão tentando pegar.

Por algum tempo toda a família ficou assim, parada ao redor do dinheiro, num silêncio respeitoso, como diante de um objeto sagrado. Até que Tereza saiu do transe, levantou e deu um beijo na boca de Silva.

— Desculpa, amor. Eu acredito em você.

— Me tratou tão mal... me xingou...

— Me perdoa...

— Não se pode falar assim com um super-herói...

— Não faço mais. Prometo.

A quarta-feira de cinzas era o único dia, em todo o ano, em que a borracharia não abria.

Silva ficou na cama até o meio-dia e acordou com o corpo todo dolorido:

— Esse negócio de ser super-herói não é mole, não.

Depois saiu com a família para comer macarrão com frango e tomar cerveja num restaurante no pé do morro, coisa que só faziam no aniversário de Tereza.

— Estou me sentindo ótimo. É como se não tivesse tirado a fantasia — comentou com ela.

À tarde fez algo que nunca tinha feito na vida: ficou com Valtencir e Bira assistindo desenhos animados pela tevê.

— Como o Batman faz pra correr sem tropeçar na capa?

— Com o tempo você acostuma, pai.

— O que ele leva no cinto de utilidades?

— Tudo que precisa.

— Mas como ele sabe do que vai precisar?

— Sei lá. Quando precisa, as coisas tão lá.

— Queria trocar de roupa tão rápido quanto o Super-Homem.

— Com a prática você consegue.

Valtencir ajudava muito:

— Repara, pai, que cada herói tem uma arma especial. Um lança uma teia de aranha...

— Vai ser difícil. Só se sua mãe preparar uma papa de farinha pra eu jogar nos inimigos... Subir pelas paredes acho que também não vai dar.

— O Batman é o mais cheio de truques. Tem um monte de equipamentos...

— Mas também com toda aquela grana do Bruce Waine... Se eu tivesse tanto dinheiro não ia ficar correndo atrás de bandido. Ia pra beira de uma praia igual aquela ali do calendário... ficava o resto da vida na rede.

— ... e também é bom de briga.

— Não tem nenhuma barriga. Acho que o infeliz nunca tomou um chope.

— Ele jurou dedicar a vida a combater o crime.

— Devia morar aqui no morro. Não ia ter tempo nem pra se coçar.

— O Thor é imortal. Ele é um deus...

— Ia fazer o maior sucesso desfilando no sambódromo.

— ... um guerreiro que entra nas brigas querendo morrer mas não consegue.

— É maluco.

— Se joga na frente das balas...

— É ruim... esse não vai dar pra imitar, não. Bom, a

não ser o martelo. De martelo eu entendo. E o meu é ainda mais legal porque é de borracha, não mata ninguém, só apaga.

— Mas deve doer um bocado.

— Eu não sinto nada.

E ficaram nisso a tarde toda, com Bira interrompendo a todo momento para apontar para a tela da tevê e pedir:

— Eu quero. Eu quero.

Quando a noite chegou a família estava toda reunida em torno do pai, que pela vigésima vez contava o que tinha feito na noite anterior.

Silva se sentia cada vez melhor, mais importante.

— Olha aí, pessoal, vou tirar uma parte do dinheiro pra pagar umas dívidas e depois cada um pode escolher um presente.

Tereza fez uma lista.

— Quero a máquina de costura que a vizinha tá vendendo.

— Posso fazer uma lista só pra mim? — pediu Betinha.

— Não. Só um pedido — disse o pai.

— Duas horas de shopping center.

— Não. Uma coisa só.

— Um jeans, tênis e camiseta do Mamonas Assassinas.

— São três coisas.

— Não. É uma coisa só. É um conjunto.

— Tá. Tá!

Valtencir descolou um videogame usado que um amigo da escola estava vendendo, com uma porção de fitas.

A sogra ganhou dois pares de meias especiais para varizes.

E o Bira quis uma fantasia do Robin.

AS PORTAS DA FAMA

Na quinta-feira de manhã Silva levou o maior susto da sua vida.

Fez como sempre fazia. Desceu o morro, comprou o jornal dobrado, sem ler as manchetes, abriu a porta de aço toda pichada e chutada, acendeu a luz e sentou no banco de fusca, pronto para mais um dia chato como todos os outros. Abriu então o jornal e lá estava ele.

No canto direito. Na primeira página.

Surge um herói popular no morro da Mangueira, pronto para a defesa dos fracos e dos oprimidos.

Ele começou a atuar na terça-feira de Carnaval, resolvendo diversos casos, e já se transformou em ídolo na favela. Maiores detalhes na página 3.

Silva correu para a página 3, com o coração pulando muito. E lá estava. A página inteira só para ele.

O super-herói do morro

Míriam Leite,
de nossa equipe de reportagem

Na última terça à noite, quando o carro de reportagem do nosso jornal subia o morro da Mangueira para cobrir o final do Carnaval na quadra da escola de samba, fomos abordados por policiais corruptos que tentaram forjar um flagrante de drogas. O local estava completamente deserto e ficamos à mercê dos dois policiais, em situação constrangedora, e sob ameaças. Foi então que surgiu em nossa defesa, não se sabe de onde, uma estranha figura com roupas de super-heróis.

Com um estranho martelo, que certamente possuía poderes especiais, nosso salvador abateu o primeiro policial, armado de escopeta, com um único golpe, mais rápido que o raio.

O outro policial abriu fogo contra ele, e vimos a bala ricochetear em seu corpo. Eu sou testemunha. Vi com meus próprios olhos. Ele tem o corpo de aço.

Não se importando com as balas, lançou seu martelo mágico, que parece ter vida própria, e abateu o segundo policial com um golpe certeiro na cabeça. Em seguida o martelo voltou voando às suas mãos.

Antes que ele sumisse na escuridão da noite consegui tirar uma foto e perguntar seu nome.

"Super Silva", ele disse.

Testemunhas confirmam

Durante toda a quarta-feira percorri o morro para obter mais informações e encontrei várias testemunhas que relataram as aparições do Super Silva.

Um vendedor ambulante afirma que Super Silva surgiu do mato e o livrou de um assaltante que ia roubar um isopor cheio de latas de cerveja. O ladrão já estava com a arma apontada para a sua cabeça quando Super Silva o pôs fora de combate com uma martelada na nuca. Quando o vendedor perguntou quem era ele, respondeu:

— Um paladino da justiça.

E desapareceu.

Uma senhora, que não quis se identificar, contou que Super Silva impediu seu marido de matá-la numa briga doméstica, e que com o susto seu marido havia se transformado num outro homem, supercarinhoso.

Um homem jura pelo que há de mais sagrado que Super Silva chegou voando e impediu que fosse morto por um assassino profissional, justamente no momento em que este ia apertar o gatilho. Super Silva derrubou o matador como um raio, descendo do céu com sua capa preta, e reafirmou ser um paladino da justiça. Em seguida abriu os braços e saiu voando, sumindo na noite como um morcego.

Há também o testemunho de uma adolescente que foi salva por Super Silva do ataque de dois marginais, acabando com eles em poucos segundos. Ela afirma que ele se move à velocidade da luz. Ela se agarrou a ele e conseguiu um pedaço de sua capa, que mostrou à reportagem como prova.

Como todo super-herói, Super Silva esconde sua verdadeira identidade. De onde terá vindo? De outro planeta? Como conseguiu seus superpoderes? Nada se sabe a seu respeito. É um completo mistério.

Todo o morro aguarda as próximas façanhas do Super Silva, e diz que afinal apareceu alguém para lutar pelo povo.

Silva olhou em volta, muito assustado, dobrou o jornal e pensou em escondê-lo. Depois lembrou que havia milhares de jornais como aquele espalhados por toda a cidade.

— Onde é que eu fui amarrar o meu burro?

Ficou andando de um lado para o outro:

— Arranjei confusão com a polícia, com os bandidos, com os matadores de aluguel, com as gangues de adolescentes e até com os maridos violentos.

A máscara do Batman escondera bem o seu rosto, mas teve medo de ser reconhecido pela barriga.

E pelo martelo de borracheiro!

— Caramba! Sou o único borracheiro aqui! E com essa barriga!

Ficou apavorado. Tentou se acalmar:

— Ninguém reconhece o Super-Homem, e o Clark Kent só usa uns óculos idiotas.

Não adiantou muito.

Acendeu um cigarro pelo lado do filtro. Apagou-o numa estopa cheia de gasolina e quase pôs fogo em tudo.

— Se chega um freguês agora, sou capaz de arrancar a câmara de ar sem tirar o pneu do carro.

Aí lembrou que tinha esquecido o martelo em casa. Isso piorou seu estado, mas acabou concluindo que não era tão mau:

— Pelo menos os vizinhos não me viram saindo com ele de casa. A essa altura todo mundo já comprou o jornal e ficou sabendo. Onde é que eu me meti? Agora você se estrepou, Silva.

Continuou andando pela borracharia, como um leão dentro da jaula.

Acabou não aguentando. Precisava sair dali.

— A polícia pode aparecer a qualquer momento. Ou os ladrões, os matadores, as gangues e os maridos, ou todos juntos.

Tornou a fechar a loja e desceu para o asfalto.

— Vou comprar outro martelo — decidiu. — Aquele não sai mais de casa.

Ficou vagando horas pelo centro da cidade, pensando na vida, tentando achar uma saída.

"Tudo bem", concluiu. "Foi só uma noite. Era Carnaval. Todo mundo meio bêbado. Tava muito escuro. Ninguém vai me reconhecer. Não faço mais. Nem pensar! Toco fogo na fantasia, saio com o martelo numa bolsa e deixo ele no serviço. E pronto. Acabou. A vida continua, como se não tivesse acontecido nada. É isso aí."

Às duas da tarde reabriu a borracharia e sentou tranquilamente, esperando o sócio.

Xavier chegou quinze minutos atrasado, ainda com ar de ressaca, e foi logo notando:

— Ué? Martelo novo?

Silva ficou gelado:

— O... o outro quebrou o... cabo. É. Tava velho.

— Vocês devem ter umas panelas muito duras.

— Panelas? Que panelas?

— Não levou o martelo pra desempenar umas panelas?

— Ah, foi. É. Panelas de ferro, daquelas antigas... sabe? Bom, até...

— Nenhum pneu até agora?

— Nenhum.

— E o tal Super Silva, hein?

Silva ia acabar tendo um infarto:

— Nunca ouvi falar.

— Tá aí no jornal.

— Ainda não li.

— Parece que é um maluco que...

— Não me interessa. Tenho de ir. Tô com pressa, Xavier. Até...

Pelo caminho foi repetindo para si mesmo que tudo ia dar certo, que dali a uns dias ninguém mais falaria no assunto.

Parou na birosca do Atílio para tomar uma caninha, mas caiu fora rápido. Todos falavam sobre o Super Silva e seus superpoderes.

"Está decidido. Queimo a fantasia. Devolvo o martelo. Esqueço isso tudo."

Mas ao entrar em casa ficou parado na porta.

Primeiro Betinha passou por ele, de saída. Linda e feliz, de roupa nova.

— Oi, paizão. Tô indo. Tchau. — E deu um beijo no rosto dele. Fazia uns três anos que isso não acontecia. Desde quando ele a deixou ir à praia com as amigas pela primeira vez.

Depois viu Valtencir, concentrado numa partida de videogame. Valtencir nunca ficava em casa. Ninguém sabia direito por onde ele andava.

Num canto do sofá velho sua sogra folheava uma

ROMANS
TÓIM TÓIM
Ziiiii

revista antiga de fofocas sobre os astros da tevê, com as pernas em cima de um banco, dentro das meias novas. E calada!

A máquina de costura estava sobre a mesa e Tereza, carinhosamente, remendava a barriga da malha do Super-Homem.

— Oi, amor — disse ela. — Seu prato tá no forno. Vá tomar seu banho com calma enquanto eu esquento. Fiz panqueca de carne moída, que você adora.

Naquele momento Silva entendeu que não. Não ia dar para voltar atrás.

Bira correu para os seus braços vestido de Robin.

Não ia dar mesmo.

VENDENDO ESPERANÇA

A redação de *O Povão* ocupava um pequeno prédio de três andares, caindo aos pedaços, na parte decadente do centro da cidade.

Míriam Leite subiu os degraus encardidos, pensando que era boa demais para continuar trabalhando numa espelunca como aquela.

— Míriam — avisou um fotógrafo, quando passou pelo segundo andar. — O Braga está aflito, querendo falar com você.

— Ele está sempre aflito.

— Dessa vez é sério.

— Vamos ver.

— Janta comigo hoje?

— Não. Tenho que cortar a unha do pé.

— Não custa tentar.

— Me esquece.

Ela usava um jeans tão apertado que parecia precisar de manteiga nas pernas para poder entrar, e um alicate para puxar o fecho ecler. Morena, o cabelo ondulado batendo na cintura, os olhos verdes, Míriam enlouquecia os homens.

Atravessou a grande sala cheia de jornalistas, redatores, boys e chatos de toda espécie tentando aparecer no jornal e percebeu que todos riam para ela, a cumprimentavam e até davam tapinhas em seu ombro.

Encontrou Braga, o editor, muito agitado mesmo, com um sorriso de orelha a orelha, e recebeu um abraço e um beijo na testa.

— Você vai salvar o jornal — ele disse.

— É a matéria sobre o Super Silva, não é?

— Você não acredita, Míriam. Tivemos que rodar mais uma edição à tarde e ela se esgotou em poucas horas.

— Eu sabia que o assunto era quente.

— Eu também... mas não tanto. Parece que tocamos em algum ponto profundo da psicologia das massas. Quer saber? Criamos um mito, é isso. Dá pra sentir. Tocamos fundo na imaginação popular. O que aquele povo lá da favela mais precisa é de esperança. São explorados pelos patrões, pelas igrejas, pelo Estado, são maltratados pela polícia e amedrontados pelos traficantes e por todo tipo de bandido. Não têm esgoto, segurança, dinheiro, nada. Precisam de esperança pra continuar vivendo, entende? Se as igrejas ganham uma grana violenta vendendo esperança pra eles, por que a gente não pode entrar nesse mercado?

— Você tá viajando, Braga. É só uma reportagem.

— Tenho mais de trinta anos de jornalismo, garota. E trabalhando com o povão. Falo sério. Sei o que estou dizendo. Um herói popular, que defenda a gente humilde, oprimida, humilhada... quer coisa melhor pra dar esperança a eles?

— Mas você sabe... era Carnaval... pode ter sido apenas um sujeito que ficou doidão, saiu aprontando e a essa altura já está arrependido, ou nem se lembra do que fez.

— Míriam, Míriam... o que há com você? O cara vai voltar. Vai ler o que fez nos jornais. Vai se achar importante e não vai parar.

— Pode ser...

— Vai ter que ser, garota. E sabe por quê? Porque estamos cheios de dívidas, os anunciantes caindo fora, é impossível arranjar assinantes porque os nossos leitores não sabem nem se vão ter dinheiro pra comer no dia seguinte... e a droga desse prédio está hipotecada. É por isso.

— O Super Silva também vai nos salvar...

— É isso aí. E você vai pegar a matéria. Vai ficar na cola dele vinte e quatro horas por dia. Vai entrevistar o pessoal do morro e seguir os passos dele. Vai chegar ao local em que ele acabou de agir logo em seguida. Quero chamada na primeira página e uma matéria de página inteira por dia. Quero o público comprando o maldito jornal do mesmo jeito que assiste novela. Quero o povo acordando cedo pra disputar o exemplar nas bancas. Quero ver o pessoal da gráfica suando sangue, imprimindo dia e noite.

— Mas Braga, falando sério. O maluco pode não aparecer mais...

— Confie em mim, meu anjo. Ele veio pra ficar. É um profissional e já chegou mostrando serviço. Olha o que o cara fez logo na estreia. Defendeu o povo da polícia, dos bandidos, das gangues e se meteu até em briga de família. O sujeito tem carisma. Sabe o que está fazendo. Não vai ser difícil. É só ficar atenta, arranjar informantes na favela... umas três ou quatros senhoras bem fofoqueiras, daquelas que sabem tudo o que se passa... um ou dois donos de biroscas. Você sabe. Não vou ficar ensinando padre-nosso pra vigário. Confio em você.

— Só que ele pode ficar dias, até semanas, sem fazer nada...

— É. Um super-herói baiano. Era só o que faltava.

— E aí eu faço o quê?

— Inventa. Inventa, garota. Tá achando que jornalismo é o quê? Se a gente escrevesse só o que acontece de verdade, onde ia arranjar assunto pra encher tanto papel? Aumente os casos, crie quando não houver, diga que as fontes não quiseram se identificar... o de sempre. E se precisar compre revistinhas antigas do Super-Homem e do Batman e faça umas adaptações. Ah...

também seria bom explicar como é que o sujeito conseguiu os superpoderes... o corpo de aço, o martelo mágico e todas aquelas coisas... como o papo de o Super--Homem vir de Krypton, o assassinato dos pais do Batman... sabe do que estou falando. Bom, agora vai. Vai.

— Tudo bem.

— Confio em você, garota. Faça um bom trabalho. Nem que seja pelo seu próprio emprego.

— Já entendi.

Silva esperou Betinha chegar para começar a reunião de família:

— Em primeiro lugar vamos falar o mais baixo possível, porque essas paredes de madeira são uma porcaria e os vizinhos não podem ouvir.

— Não podem ouvir o quê? — implicou a sogra.

— A gente liga a tevê e aumenta o som — sugeriu Valtencir.

— Tudo bem — concordou o pai. — Mas escurece a imagem senão ninguém vai prestar atenção no que eu vou dizer.

— É tão emocionante ser filha de super-herói. O pessoal do colégio todo leu o jornal.

— É sobre isso que eu quero falar, filha. Tô achando é que me meti numa encrenca dos diabos. Se me reconhecem tô frito. Não sei o que vou fazer. Acho que devia queimar a fantasia e...

Bira fez cara de choro:

— Papai não quer mais ser super-herói...

— Não é isso. É que é arriscado. Posso tomar um tiro, caramba.

— Não tem corpo de aço? — gozou a sogra.

— É ruim, hein. E o que eu fiz com a polícia? Posso ir preso se me descobrem.

— Mas vida de super-herói não é assim mesmo? — falou Betinha.

— Tá querendo moleza senta num pudim — completou o irmão.

— Deixa o pai de vocês acabar de falar — mandou Tereza.

— Pois é. Eu posso me dar mal. Sou um simples borracheiro, vocês sabem. Não tenho prática. Não sei brigar. A única coisa que eu ataco é um prato de comida.

Bira estava quase chorando:

— Papai não quer mais brincar?

Tereza o pegou no colo:

— Não, filho. É que papai tá com medo.

— Pô — reagiu Silva. — Não é medo. É só receio...

— Mas até agora você se deu bem, pai — lembrou Valtencir, cheio de orgulho.

— Tudo bem, filho. É, me dei bem mesmo. É isso aí. Estamos só conversando e eu tô mostrando os problemas. Por outro lado, bem... fora essa história de defender os

fracos e oprimidos... acho que esse negócio de super-herói pode dar uma grana.

Todos concordaram com a cabeça.

— A primeira noite não foi má — incentivou Tereza.

— O caso é esse. Queria que me ajudassem a decidir se é pra continuar com essa maluquice ou não.

— Vamos decidir no voto — disse Tereza. — Quem acha que você deve continuar bancando o super-herói, defendendo os pobres, sendo um sujeito importante e não um simples borracheiro, saindo nos jornais e ainda trazendo dinheiro pra casa, levanta o braço. Quem acha que a nossa vida deve continuar a mesma meleca que sempre foi, deixa o braço abaixado.

Todos levantaram o braço. A sogra levantou os dois.

Silva não gostou muito da forma como a mulher tinha feito as perguntas, mas estava decidido:

— Tudo bem — concordou. — Seja o que Deus quiser. Agora preciso pensar na parte prática.

— Já costurei a roupa do Super-Homem — adiantou Tereza. — A capa vai precisar de um remendo.

— Eu só vou sair à noite.

— Que nem o Batman — vibrou Bira.

— Durante o dia o pai continua a ser borracheiro — falou Valtencir. — Vai ser sua identidade secreta.

— Aí tem um problema. Podem me reconhecer pelo tipo do martelo e pelo tamanho da barriga.

— Pinta o martelo de dourado. Pra ficar igual ao do Thor mesmo — lembrou Betinha.

— Taí — concordou Silva. — É uma boa ideia. Mas a barriga...

— Eu posso fazer uma cinta — sugeriu Tereza. — Costuro umas três tiras de pano reforçadas num saco de farinha, coloco a calota dentro. Você veste ela por cima da barriga e amarra as tiras bem apertadas nas costas. Vai dar pra disfarçar a barriga.

— É... pode ser...

— Então podia arranjar outro saco e colocar nas costas também, com outra coisa de aço qualquer, pra se defender dos tiros pelas costas.

— Valeu, filho. Obrigado por pensar na saúde do velho pai.

— Posso colocar a chapa do fogão, a da base do forno — lembrou Tereza.

— Ah, não — protestou a sogra. — E quando a gente quiser fazer bolo?

— Velha ingrata. Depois fica pedindo meia pras varizes...

— Não fale assim com a minha mãe!

— Eu não preciso de nada seu. Tenho a minha aposentadoria. Agora que virou super-herói se acha importante. Pra mim...

— Para com isso, mãe. Deixa. Quando a gente fizer

bolo ele sai sem a chapa. Outra coisa, Silva: quantos dias por semana você vai trabalhar?

— Sei lá. Ainda não tinha pensado nisso.

— Ah, não... é um emprego como outro qualquer. Não quero bagunça de horário aqui dentro de casa senão acaba sobrando pra mim. Sou eu que tenho de esquentar a comida, arrumar as coisas, lavar a roupa...

— Bom... toda noite?

— Não. Melhor dia sim, dia não. Pra dar tempo do uniforme secar.

— Vai lavar?

— Pois é claro. Somos pobres, mas limpos. Super-herói ou não, não vai sair sujo por aí, aparecer no jornal todo amarrotado, isso é que não. Depois as vizinhas ficam comentando.

— Mas ninguém vai saber que o Super Silva mora aqui, mãe.

— Não importa, minha filha. Seu pai vai suar muito. Vou lavar sempre o uniforme, como faço com o da escola de vocês.

— Mas não vai poder pendurar no varal do lado de fora — lembrou a velha.

— Eu arranjo um lugar. De repente atrás da geladeira. É.

— Bom — tornou Silva —, então será noite sim, noite não.

— E depois da janta — decidiu Tereza. — Não vou ficar esquentando comida de madrugada. E já vai defender os fracos de barriga cheia.

— Certo. Agora uma coisa muito importante. Ninguém, ninguém mesmo pode saber que eu sou o Super Silva. Nada de sair falando por aí na escola, pros vizinhos... senão eu danço. Nem dentro de casa, que aqui se escuta tudo.

— E como é que você vai sair? — lembrou Betinha.

— Já pensei nisso. Vamos espalhar por aí que eu

arrumei um biscate... estou dirigindo um táxi à noite, pronto... daí eu levo o uniforme dentro de uma sacola de supermercado e troco de roupa perto do lugar onde vou entrar em ação.

— Só não tô entendendo uma coisa — cortou a velha.

— Fala, sogrinha.

— Como é que você vai cobrar? Super-herói tem alguma tabela pelos serviços?

— Isso eu vejo na hora. Dependendo, posso cobrar uma percentagem, uns vinte por cento, por exemplo, em cima do que o infeliz ia perder no assalto se eu não aparecesse.

— Querido...

— Fala, mulher.

— Estamos tão orgulhosos de você.

— Beleza.

O BATMAN MORRERIA DE INVEJA

Assim que chegou da borracharia, Silva começou a vestir e tirar a roupa de super-herói. Tinha de conseguir fazer aquilo o mais rápido possível.

— Preciso treinar — disse para a família. — Já pensou se engancho as pernas na malha e fico preso? Ou se coloco a capa do Batman do avesso? Ia ser ridículo.

Estavam todos em volta dele na sala, ajudando e dando palpite.

— Podia fazer o contrário — sugeriu Tereza. — Botava o uniforme por baixo. Daí era só tirar a roupa em vez de vestir.

— É — apoiou Betinha. — Como faz o Super-Homem.

— Só que ele é americano, e os americanos são todos ricos. Eu vi na televisão. Ele tira a roupa do Clark Kent e deixa ela pra lá. Cada caso é uma muda de roupa jogada fora. Já pensou que despesa? Não ia compensar.

— Ué... então guarda a roupa — insistiu a mulher.

— E vou lutar com os bandidos segurando uma sacola de supermercado? É ruim, hein.

— Pai?

— Fala, Valtencir.

— Já decidiu o que vai levar no cinto de utilidades?

— É... bom... ainda não. Quer dizer, já até coloquei algumas... coisas pessoais...

— Deixa eu ver...

O menino apanhou o cinto, abriu as bolsas e tirou: um maço de cigarros; um isqueiro; uma garrafa de plástico pequena; um radinho de pilha; um rolo de esparadrapo; duas páginas rosa do *Jornal dos Esportes*; um canivete; um espelhinho redondo com o escudo do Botafogo; dois saquinhos de amendoim torrado; um relógio digital sem pulseira; duas pedras e um abridor de garrafas.

— O Batman não ia gostar disso — riu Valtencir.

— É outro riquinho — defendeu-se Silva. — Não tenho grana pra equipamento especial.

— Mas cigarro, amor? — repreendeu Tereza. — Não fica bem pra um super-herói. É mau exemplo pras crianças.

— Certo. Eu fumo escondido.

— E jornal...

— Ah, menino, não amola... de repente posso ficar horas esperando acontecer um problema... preciso de alguma coisa pra ir matando o tempo.

— ... amendoim...

— Pode bater fome. E amendoim sempre dá energia...

— O que tem na garrafa?

— Não se mete, sangue ruim.

— Não fala assim com a minha mãe!

— É batida de limão. Pronto! Pra esquentar um pouco e dar coragem. Droga! É por isso que os super-heróis têm uma identidade secreta e vivem sozinhos. É pra ninguém ficar dando palpites!

— Escuta aqui, senhor Silva — gritou Tereza. — Com esse cinto de utilidades acho que você vai é arrumar um canto qualquer por aí pra passar algumas horas sem fazer nada. Será que tudo isso é só uma armação pra sair de noite, safado?

— Não! Eu não acredito! Um pai de família se sacrificando, arriscando a própria vida, lutando contra as forças do mal... não tenho que ouvir uma coisa dessas...

— ... radinho de pilha...

— Ô, menino, não chateia... hoje tem jogo do Botafogo!

Todos o olharam com cara feia. Tereza ficou com o radinho. Ele se conformou:

— Tudo bem. Tudo bem. Só ia ouvir se tivesse um tempo... O resto deixa aí. O esparadrapo é pra colocar no calcanhar. Até acostumar com essa bota do Homem--Aranha. O espelhinho é pra ver se tá tudo certo com o visual. O relógio é pra saber o fim do expediente. Pronto. É a primeira vez que tô trabalhando nesse ramo, minha gente. Com a prática vou sabendo melhor do que se precisa.

— ... abridor de garrafa?

— Os fregueses me dão presentes. Da última vez ganhei cerveja em lata, não foi? E se me derem em garrafa? Um super-herói precisa estar preparado pra tudo. Vamos parar de encher o saco? Betinha, onde tá o martelo?

— Ih, pai, ainda tá secando...

— Não acredito! Teve três dias pra pintar!

— A tinta é que era vagabunda, e não podia colocar no sol pra secar pros vizinhos não sacarem. Mas dá pra usar. Só tá grudando um pouco.

— Valtencir, colou a orelha do Thor como eu mandei?

— A cola tava seca, pai. Vai ter que sair com uma orelha só.

— Podia ter me avisado que eu trazia cola da rua, infeliz. Tudo bem. Agora vocês vão ver como é que eu já estou me vestindo rápido.

Silva entrou no quarto com o uniforme dentro da bolsa de supermercado e dois minutos depois reapareceu na sala. Parou entre o beliche e o sofá, levantou o martelo no ar e gritou:

— TCHANS!... Que tal?

Todos bateram palmas.

— Pshii... olha os vizinhos — lembrou Tereza.

— O *S* da malha é de Silva — notou Betinha. — Tudo a ver.

— Agora já sei qual é sua arma secreta — comentou a velha. — Os bandidos vão morrer de rir.

Às dez da noite Super Silva já estava pronto para sair e combater o crime. Bermuda, camiseta, chinelo de dedo, o uniforme dentro da sacola de supermercado. A cinta com a calota e a bandeja do fogão por baixo da camiseta.

Toda a família o abraçou e beijou, desejando boa sorte.

E já estava abrindo a porta quando surgiu um contratempo.

Bira saiu do quarto da avó, vestido de Robin, querendo ir também.

— Não, querido — disse Tereza. — Papai vai trabalhar.

— Eu vou! Eu vou! Eu vou!

— Faz esse pivete calar a boca — reclamou Silva, nervoso com o dia da estreia.

— Eu quero ir! Eu quero! Eu sou o Robin! Papai é o Batman!

— Pshiiiiiii!!! — gritou a família inteira.

Mas Bira berrava e esperneava.

Silva desabou no sofá, desanimado:

— Pronto. Dancei. Todo mundo já sabe que sou o Batman.

— Mas você não é o Batman, pai — lembrou Valtencir, falando baixo. — Você é o Super Silva.

— Ah, é.

— Ninguém vai reparar, amor — completou Tereza. — As crianças vivem gritando. O filho da vizinha é o Michael Jackson.

— Tudo bem. Vem cá, Bira. Senta aqui no colo do papai.

Meia hora depois os dois dormiam no sofá.

Tereza ajeitou o menino no colchonete e acordou o marido:

— Pronto. Pode ir.

— Hã? O quê?

— Ele já dormiu.

— Vou pra cama também.

— Não, senhor. Vai já é pra rua defender o povo.

— Saco!

— E já vi que isso vai acontecer sempre. O melhor é você sair mais tarde, depois que o Bira dormir.

— Garanto que se eu fosse um super-herói americano, ele teria uma babá.

— Vai logo. Anda.

No seu primeiro dia de trabalho Super Silva não sabia por onde começar.

"Favela é um lugar muito cheio de gente", pensou."Vou até a lixeira, lá não passa ninguém a essa hora."

Sentou na borda da plataforma de concreto de onde se jogava o lixo, acendeu um cigarro, tomou um gole pequeno de batida de limão e ficou olhando o Rio de Janeiro lá de cima. Todas aquelas luzes.

Lembrou da letra de um samba: "Visto aqui do alto, mais parece o céu no chão".

"Vamos lá, Super. Pense em alguma coisa."

"Quanto será que está o jogo do Botafogo?"

"Tereza tinha razão. Se trouxesse o radinho não ia fazer nada."

"O Botafogo só precisa do empate pra se classificar, daí ele pega o Madureira e..."

"Para com isso, Super. Preste atenção no serviço."

"Vejamos... estou aqui pra quê? Preciso encontrar alguém em dificuldades. É... minha profissão é procurar encrenca pra me meter. Onde é que eu fui parar. Tem alguma coisa errada nisso tudo."

"Como é que os super-heróis arranjam serviço? O tal comissário Gordon chama o Batman. Deus me livre. Não quero nada com a polícia. O Super-Homem vê à distância e até através da parede. Eu sou meio míope. O Thor parece que é enviado dos céus, ou ele mesmo arruma encrenca, sei lá. Tô mais pro Homem-Aranha, olhando a cidade do alto. Só que se continuar aqui vou matar a batida de limão sem arrumar nada e preciso levar um qualquer pra casa senão quem me mata é a patroa."

"Bom, eu preciso chegar na hora que alguém esteja cometendo um crime. Pode ser por acaso, ou... Ei! É isso! Eu sei onde tem um crime acontecendo toda noite. Tão certo quanto a morte e os impostos."

E então Silva se levantou e começou a descer até o pé do morro, rumo ao Ferro-Velho do Amaral.

Havia um muro alto em toda a volta.

"O Amaral não quer que a gente veja o que acontece lá dentro. Mas todo mundo sabe."

Contornou o muro até a boca da lixeira, uma porta de ferro pequena, toda enferrujada. Entrou por ela e quase ficou entalado por causa da barriga.

A escuridão em volta era grande.

"Amaral paga os moleques da rua pra quebrarem as lâmpadas dos postes."

Caminhou entre as pilhas de latarias podres, para-choques, pneus, capotas amassadas, eixos retorcidos, portas, canos de descarga. À medida que avançava, enormes ratazanas, brilhando de óleo, corriam assustadas, de um monte de ferro para outro.

Parou atrás da carcaça de uma kombi. Dali podia vigiar o pequeno galpão, junto do portão de entrada. Havia luz lá dentro.

"Bom sinal. Devem estar esperando mercadoria."

Era um negócio antigo e estabelecido. Assim que Silva abriu a borracharia ficou sabendo que o Amaral do ferro-velho fazia desmonte de carros roubados para vender os pedaços. O próprio Amaral tinha sua equipe de ladrões e fazia encomendas.

E aquela noite Silva estava com sorte porque nem precisou esperar muito. Logo se ouviu uma buzina do lado de fora e um sujeito saiu apressado do galpão para abrir o portão.

Um carro grande, novinho, tão caro que Silva nem sabia a marca, entrou e estacionou no meio do pátio.

Dois homens desceram, e mais dois saíram do galpão. Um deles, o mais gordo, era o Amaral. Ficou andando em volta, dando tapinhas de satisfação na lataria, depois foi cumprimentar os ladrões pelo bom serviço.

"Tá tudo certo", pensou Silva, "mas e aí? Eu faço o quê?"

Estava na hora de agir.

"Mas são cinco. E na certa tão armados."

Sem muito entusiasmo, vestiu o uniforme e transformou-se no Super Silva.

"Pelo menos, se tiver que fugir, não vão me reconhecer."

Mas, justo quando estava afivelando o cinto de utilidades, o alarme do relógio digital tocou!

O *bip-bip-bip* sobressaiu no silêncio, ecoando entre as pilhas de ferro velho, e todos ficaram paralisados, principalmente o Super Silva, que quase teve um infarto.

Dos cinco homens, apenas um, um dos ladrões do carro, não tinha um revólver. Tinha uma escopeta.

Imediatamente todos sacaram as armas e Amaral apontou para a carcaça da kombi.

— Ali — gritou. — Veio dali!

Super Silva recuou apavorado, derrubou um latão de óleo e acabou por se denunciar de vez. Saiu correndo, mas se perdeu no labirinto dos montes de ferro e foi se afastando cada vez mais da porta da lixeira.

Comandados por Amaral, os homens se espalharam e avançaram lentamente, prontos para atirar em qualquer coisa que se mexesse.

"Vou morrer logo no primeiro dia de serviço. Que fracasso", pensou Super Silva, agachado entre duas pilhas de pneus de trator. Nisso escutou passos. Muito perto. Do outro lado dos pneus. E viu uma sombra se aproximando. Se não fizesse alguma coisa... e rápido!

Levantou e deu uma martelada.

O sujeito era baixinho. Mais baixo que a pilha de pneus. Nem soube de onde tinha vindo o golpe. Pegou bem no alto da cabeça.

"Esse eu apaguei."

Dois dos outros estavam muito perto e vieram correndo quando ouviram o barulho do corpo caindo.

Super Silva ia ficar acuado, então, no desespero, pegou a primeira coisa que encontrou: um para-lama de jipe, pesado como um trilho de trem, e saiu correndo de trás dos pneus... no mesmo instante em que os dois chegavam... e passou no meio deles! As duas pontas do para-lama acertaram, ao mesmo tempo, nas duas testas. Os bandidos caíram de costas, desacordados, como se tivessem sido atropelados por um caminhão.

Super Silva nem viu direito o que tinha feito. Continuou correndo e largou o para-lama em cima de um monte de calotas. O barulho foi grande. Ouviu tiros.

As balas bateram nos ferros, bem perto. Correu ainda mais e entrou por um corredor apertado, entre pilhas de motores, e de repente seus pés foram para trás, a barriga e os braços para a frente, e ele começou a deslizar sobre uma camada grossa de óleo queimado, cada vez mais rápido, e do outro lado surgiu um homem atirando. O da escopeta.

Mas no escuro o homem atirava para cima, e Super Silva o atingiu por baixo, chocou-se com toda força contra as pernas do sujeito, que foi jogado longe, de costas, bateu com a cabeça numa carcaça de motor e pronto.

"Menos um."

Não dava para ficar admirando suas façanhas. Tentou correr mas caiu.

"Malditas botas do Homem-Aranha."

Estavam cheias de óleo. Foi deslizando como pôde até um carro grande, um antigo camburão da polícia, ainda inteiro, sem vidros, se encolheu no fundo do banco de trás e fechou a porta sem fazer barulho.

"Falta só um. Se eu ficar aqui quieto de repente ele não me encontra e mais tarde eu fujo. É isso aí."

Mas o último homem era justamente o Amaral. E ele conhecia cada canto daquele ferro-velho.

De arma engatilhada, ele foi avançando, cauteloso, sempre de forma a ver tudo sem ser visto. Não tinha pressa. Sabia que o intruso estava acuado, encolhido em algum lugar, e ia encontrá-lo.

Com a retaguarda sempre protegida, de costas para algum monte de sucata, olhos e ouvidos atentos, foi lentamente cobrindo todos os espaços.

Foi então que ouviu novamente o alarme do relógio digital.

Sorriu. O *bip-bip-bip* dessa vez vinha de dentro do velho camburão.

Avançou mais um pouco e atirou.

As balas atravessaram com facilidade a lataria podre da porta de trás.

Amaral chegou mais perto, colocou o braço para dentro e descarregou o revólver no banco traseiro.

Quando abriu a porta para ver quem ele tinha matado, levou uma martelada na nuca, bateu com a cara na lataria e escorregou como um saco de farinha furado.

Super Silva entrou no carro, pegou seu relógio no banco de trás, desligou o alarme e o colocou de volta no cinto de utilidades.

"Foi um belo truque", pensou. "O Batman vai morrer de inveja quando souber."

— Alô?

— Alô.

— É o senhor... André Ribeiro da Costa?

— Sou.

— Roubaram um carro seu...

— Foi. Ontem. Quem está falando?

— Desculpe telefonar tão tarde, mas tô aqui com o seu carro.

— É?

— Achei seus documentos no porta-luvas. Queria devolver ele pro senhor.

— Sério?

— É. Sou um super-herói.

— Sei.

— O Super Silva.

— Perfeitamente.

— O paladino da justiça.

— Sei como é isso.

— Bom... aparece daqui a uma hora, em frente à entrada principal do Maracanã.

— Tudo bem.

— Ah... senhor André?

— Diga.

— Eu tive uns problemas pra recuperar seu carro dos bandidos... sabe como é... tenho mulher e filhos pra sustentar... os preços... o aluguel da casa... está tudo pela hora da morte...

— Compreendo.

— Costumo cobrar uma taxa... é... uns vinte por cento do valor do...

— Olha, seu super, por mim está bem. O seguro tinha vencido e eu ia perder uma grana violenta. O senhor aceita cheque?

Quando Silva voltou para casa, às três da manhã, Tereza ainda estava acordada, aflita, esperando por ele, vendo televisão baixinho, para não acordar as crianças.

Foram para o quarto. Silva se esticou na cama e deu um longo suspiro. Depois tirou o cheque do bolso e entregou para a mulher.

Ela tremeu, os olhos arregalados, e em seguida se jogou em cima dele, abraçando, beijando e o chamando de "meu herói, meu herói".

CHUTANDO O PAU DO BARRACO

— Alô. Aqui é Míriam Leite.

— A repórter de *O Povão*?

— Por enquanto.

— Aqui quem fala é André Ribeiro. Sou dentista.

— Parabéns. O que que eu tenho com isso?

— Comprei um carro importado.

— O brasileiro tem muita cárie.

— Foi roubado... e dois dias depois devolvido por um maluco fantasiado com uma porção de pedaços de super-heróis.

— É!? Fale, homem. Fale.

— O sujeito disse que se chamava Super Silva. Não dei muita atenção. Queria é pegar meu carro de volta e dar o fora. Daí hoje li as suas reportagens no jornal e...

— Quero entrevistá-lo pessoalmente — apressou-se Míriam. — Pode me dar seu endereço? Ah, outra coisa... quanto o senhor está cobrando por uma obturação?

Super Silva volta a atacar

Dessa vez o alvo da figura solitária que combate o crime e luta contra as forças do mal foram os ladrões de carro e o dono de um ferro-velho nas proximidades do morro da Mangueira.

Um morador que não quis se identificar ouviu tiros vindos do estabelecimento conhecido como Ferro-Velho do Amaral. Abriu a janela para saber o que estava acontecendo e viu o Super Silva ao volante de um carro, saindo em disparada.

Pela manhã a polícia chegou ao local e encontrou cinco homens, ainda inconscientes, espalhados pelo ferro-velho. Depois de um rápido interrogatório, os homens confessaram que formavam uma quadrilha de roubo e desmonte de veículos e contaram o que havia acontecido.

Já passava da meia-noite quando chegaram com um carro roubado. Super Silva já os esperava. Suspeita-se que possa se tornar invisível, porque deram buscas em todo o ferro-velho e não o encontraram, até que ele entrou em ação.

Os bandidos contam que ele tem a velocidade do raio. Seu martelo se abateu sobre eles sem que pudessem saber de onde, e sem fazer o menor ruído. Um deles afirmou que Super Silva chegou voando. O dono do comércio ilegal, senhor Amaral, confirmou que o Super Silva tem o corpo à prova de balas, e que é tão rápido que é capaz de estar em dois lugares ao mesmo tempo, porque enquanto atirava sobre ele foi atingido pelo martelo por trás.

Na mesma noite Super Silva restituiu o veículo ao seu dono, senhor André Ribeiro, que não teve tempo nem de agradecer, porque nosso paladino da justiça ergueu os braços e saiu voando, passando sobre o Maracanã, de volta ao morro da Mangueira, onde certamente o esperam novas aventuras.

Editorial

Este jornal, de hoje em diante, coloca suas páginas à disposição da população do Rio de Janeiro para qualquer tipo de informação, depoimento, relato de casos, tudo que se refira a Super Silva.

Nossa redação estará de plantão vinte e quatro horas por dia para cobrir as aventuras do novo herói dos fracos e oprimidos, e nossos repórteres estão em campo, procurando esclarecer tudo sobre ele: de onde veio, quais são seus poderes, sua identidade secreta etc.

Estamos com isso nos solidarizando com a população mais carente de nossa cidade e com o próprio Super Silva, em sua missão de defender a Justiça.

Continuem acompanhando nossas reportagens, agora diárias e em página inteira.

— Pô, prenderam o Amaral — resmungou Xavier assim que entrou na borracharia para substituir Silva, no final da tarde.

— Li no jornal — comentou Silva, fingindo desinteresse.

— Vai prejudicar nosso negócio. O ferro-velho aumentava o movimento de carros por aqui. E sempre sobrava um pneu furado pra nós.

— É verdade. Tô indo. Té manhã.

— Que que você acha desse tal de Super Silva?

— Sei lá, Xavier. Por que eu ia saber?

— Nada, homem. Tô só perguntando. Sai todo dia no jornal. E é teu xará.

— Metade do morro se chama Silva.

— Tá legal. Vai. Vai pra casa. De uns tempos pra cá tu não anda a fim de papo.

Subindo o morro, no caminho para casa, Silva

constatava que a cada dia se falava mais no super-herói dos pobres.

Desde as conversas nas biroscas, passando pelas fofocas das donas de casa, até as crianças na rua, só se falava sobre isso. E ele sentia uma mistura de vaidade e medo. Vontade de dizer para todo mundo que Super Silva era ele, e um medo dos diabos de que descobrissem.

Tereza o recebeu contrariada:

— Então isso é estado de você deixar o uniforme! Está tudo cheio de óleo! Nunca vi super-herói mais relaxado!

— Oi, amor.

— Amor porcaria nenhuma! Pensa que eu sou escrava? Que vou me matar no tanque? Não sou polvo, não. Só tenho dois braços!

— Botou pra lavar?

— Não. Vai ter que ficar de molho até amanhã. E até secar...

— Bom, então estou de folga por uns dois dias. É bom. Voar dá uma dor no corpo danada.

— Ô, Silva... tava pra perguntar. Como é que você faz isso?

— Isso o quê, mulher?

— Voar.

— Deixa de ser besta. É invenção do jornal.

Numa sala apertada e encardida do distrito policial mais próximo, o delegado de plantão, doutor Melo Alves, nesse momento dava um murro na mesa:

— Vocês são uns !

Os dois policiais à sua frente continuaram calados. Estavam em mau estado. O da esquerda tinha um enorme galo na testa, roxo, a pele tão esticada que parecia que ia explodir a qualquer momento e liberar uma criatura das trevas. O outro trazia o nariz engessado, com uma bandagem que dava toda a volta na cabeça, como uma múmia esperando mais material. Quando sorriu amarelo para o delegado, mostrou que havia perdido três dentes recentemente.

— Então é isso. Primeiro, com tanto carro por aí, vão achacar logo o da imprensa. Cambada de ! E amadores!

— Ela Charnaval, dodô — tentou se explicar o da direita. — A chente shó quelia dexcholá unfa glaninha.

— Calem a boca, seus ! Incompetentes! E depois ainda perdem a parada pra um maluco armado com um martelo.

— Dói muito, chefe — gemeu o da esquerda.

— Agora o tal doido está nos jornais, fazendo o papel da polícia e nos desmoralizando! ! Em todo lugar do mundo os super-heróis e a polícia trabalham juntos, estão do mesmo lado. Só aqui é essa bagunça! Aí eu mando meus homens atrás do tal Super e o que acontece? Nada.

— A chente txá colendo atlás.

— O infeliz entra em ação de novo, desbarata uma quadrilha de ladrões de carro, sai no jornal, aumenta a popularidade e vocês, seus , ficam aí, com essas caras de !

Deu mais um murro na mesa e começou a andar de um lado para o outro. Os dois policiais resolveram ficar calados. Falar só doía, e não estava adiantando nada.

— Vocês me pediram pra ficar no caso, por uma questão de vingança. Achei justo. Concordei. Mas não conseguiram nenhuma! Devia ter afastado vocês, mandado lá pra Baixada Fluminense, ou pra ! Resultado... sabem quem me ligou há pouco? Sabem, seus ! O secretário de Segurança! É isso aí. O secretário de Segurança em pessoa, exigindo que a gente suma com esse tal de Super Silva porque o sujeito está desmoralizando a polícia! Se isso não acontecer, ele ameaçou, quem dança sou eu! Estão entendendo? Cambada de ! Então fim de papo! Quero o Super Silva fora da parada!! ESTÃO ENTENDENDO?

O da direita balançou a cabeça para cima e para baixo com tanta força que provocou um sangramento no nariz.

— Saco! — disse o delegado, e saiu batendo a porta.

Choveu dois dias seguidos e o uniforme ainda estava meio úmido quando Super Silva precisou dele.

— Assim vou pegar uma gripe — reclamou.

— Vá se queixar a São Pedro — respondeu Tereza.

— Já não bastam os perigos que enfrento, ainda posso arrumar uma pneumonia.

— Não exagera.

— Você sabe que eu tive bronquite.

— Quando era criança. O que é? Não quer sair pra trabalhar, é?

— PAAIII!

— Que é, Valtencir? Não grita!

— Fiz um rap pro senhor! Escuta só:

"Agora aqui no morro os problemas vão se acabar.
A polícia e os bandidos vão ter que se tocar.
É o Super Silva que chegou pra arrasar.
Não vai ter mais briga, nem morte, nem assalto.
Amizade, amor, paz e felicidade vão falar mais alto.
É o Super Silva na favela e no asfalto!
Quem é pobre vai ter sua proteção.
Andar tranquilamente, sem preocupação.
É a Mangueira, arrebentando a boca do balão.
E o Super Silva alegrando a multidão".

— Pode crer, filhão. Tá legal mesmo. Dá um abraço aqui no pai.

— Vou mostrar pro Antônio da Laís. Ele tem uma

banda. De repente eu descolo até um troco.

— Podia fazer sucesso, meu filho, virar artista, ganhar muito dinheiro e tirar seu velho pai dessa vida.

— Mas tu hoje não quer nada mesmo, hein? — tornou Tereza, acabando de costurar um remendo no joelho direito do uniforme. — Pronto. E vê se não fica se arrastando no chão de novo.

Silva começou a arrumar a sacola de supermercado.

— Dessa vez estou pondo as coisas na ordem certa. Na última, no ferro-velho, o capacete do Thor saiu primeiro e coloquei logo na cabeça. Daí veio a máscara e a capa do Batman e não entrou. Tive de tirar o capacete e então vesti a capa, daí o que não entrou foi a malha do Super--Homem. Por isso o certo é: primeiro a malha, depois a máscara e a capa, depois a bota do Homem-Aranha e o cinto de utilidades, e por fim o capacete e o martelo.

— Herói inteligente é outra coisa.

— Vai gozando, sogra. Vai. Eu precisava é de um mordomo igual ao do Batman.

Tudo pronto, sentou novamente no sofá, ao lado de Bira, que passava o dia todo vestido de Robin. Precisava esperar o filho dormir, e isso lhe dava um sono danado também.

Finalmente pôde sair:

— Pronto, mulher. Super Silva sai pra mais um dia de trabalho, com a missão de defender os pobres de toda tirania, de levar a justiça a todos os lugares.

— Aproveita e leva o lixo na lixeira também, amor.

Andando na noite úmida, pelas vielas estreitas entre os barracos, as sandálias escorregando na lama suja, com o uniforme numa mão e o lixo na outra, Silva ia pensando se o Super-Homem se sujeitaria a uma coisa daquelas.

Dessa vez não parou na lixeira. Desceu o morro, com

a cabeça meio vazia de ideias, sem saber onde arrumar encrenca.

No meio do caminho parou para colocar um pedaço de esparadrapo no calcanhar direito, esfolado pela bota do Homem-Aranha.

"Se precisar vestir o uniforme às pressas já estou protegido", lembrou.

Era uma noite calma.

"Nem um assalto, ninguém correndo perigo... nem um tirinho... assim não dá. Nem os bandidos querem trabalhar mais."

Andou um bom tempo sem rumo, atento a algum tiroteio, um grito desesperado, ou até mesmo uma briguinha de família. Nada. Acabou passando em frente da sinuca do Tadeu e entrou.

"Sempre tem uns bandidos por aqui, jogando, e posso ficar sabendo de alguma coisa. E aproveito pra tomar uma gelada. É isso aí, Super. Unir o útil ao agradável."

O lugar estava cheio. Vários homens mal-encarados girando em volta das duas mesas de sinuca, outros tantos empoleirados no balcão encardido.

Silva se encolheu em um canto perto do banheiro. Tomava cerveja e comia dois ovos cor-de-rosa cozidos, pensando na vida, achando que seu novo trabalho não era tão mau assim, quando ao longe começaram a se ouvir barulhos de sirenes. Muitas.

O bar ficava numa encosta, sobre estacas de madeira, e lá de cima deu pra ver a polícia chegando.

Umas dez viaturas frearam violentamente um pouco abaixo e policiais fortemente armados saltaram e começaram a subir o morro juntos, dando rajadas de metralhadora para o alto.

Gritos partiram de todo lado.

Crianças que brincavam nas ruas, mulheres e homens

que vinham do trabalho, velhos que conversavam com os vizinhos, todos que estavam perto de casa voltaram correndo; os que estavam longe tentavam desesperadamente se proteger.

Os policiais traziam o rosto coberto por uma malha preta que só deixava ver os olhos.

Quebravam portas com pontapés e invadiam as casas.

Metralhavam as paredes dos barracos, as balas atravessando as madeiras podres, gritos de dor saindo de lá de dentro.

Na sinuca do Tadeu foi como se tivesse entrado um tigre furioso. Os homens pulavam pela janela e fugiam deslizando pela encosta.

Ao mesmo tempo, crianças, mulheres e velhos, percebendo que não alcançariam seus barracos a tempo, entraram no bar, tentando se proteger.

Pelo que diziam, a polícia estava atrás do Super Silva!

Silva ficou gelado e duro de pavor.

— Estão entrando nas casas e vasculhando tudo!

— Se encontrarem o Super Silva matam na hora!

— Quero ver. O corpo dele é de aço!

— Mas o nosso não!

O barulho aumentava, os tiros, os gritos. A polícia chegando cada vez mais perto.

"Entram, descobrem a fantasia dentro da bolsa e pronto. Acabou-se", pensou Silva.

Talvez se jogasse a sacola pela janela...

Mas iam ver ele fazendo isso, descobririam tudo... e também um super-herói não faria uma coisa dessas...

Não tinha tempo para pensar. Entrou no banheiro sem ninguém ver, pensando em fugir dali pela janela, mas sua barriga não passaria pelo buraco do basculante quebrado. Ouviu então Tadeu fechando o bar, tentando proteger as pessoas, e que pouco depois a polícia chegava, gritando para que abrisse. E nem esperaram pela resposta para começar a atirar e tentar arrombar as portas de aço a pontapés. Estavam enlouquecidos e as portas não iam resistir por muito tempo. Iam entrar atirando. Matar muita gente. Silva não teve dúvida.

Trocou de roupa. Na pressa a capa caiu no chão, bem numa poça de xixi.

Quando Super Silva apareceu no meio do bar houve um instante de silêncio e admiração e ele não resistiu; ergueu o martelo com a mão direita e gritou:

— TCHANS!

Depois disse:

— Sigam-me!

E levou todos para os fundos do bar. Lá, com apenas duas marretadas, arrebentou o piso de madeira, abrindo um buraco no chão por onde as pessoas desceram e fugiram como puderam.

Super Silva foi o último a sair do bar, justo no instante em que a porta de aço vinha abaixo e a polícia entrava atirando e quebrando tudo.

Já devia ter policiais nas janelas, e se ele corresse na certa seria atingido por um tiro.

Entrou entre as palafitas, respirou fundo e se preparou para dar a maior marretada da sua vida.

Acertou bem no meio da viga central, a de sustentação. Ela não quebrou, mas saiu do eixo.

Daí foi só sair quebrando os caibros. Cada marretada, um caibro a menos, e por fim correu e encostou-se no muro enquanto toda a estrutura rangia, tremia, se inclinava para trás e vinha abaixo, descendo pela encosta, arrastando a polícia, os engradados de bebida, o balcão, os tacos, as mesas de sinuca, as bolas que quicavam pelas pedras lisas e escorregadias, as metralhadoras, numa avalanche confusa que iria parar lá embaixo, junto ao

asfalto. Mas Super Silva não esperou para ver até o fim; pulou o muro em que estava encostado e correu por entre as palafitas dos barracos vizinhos até encontrar um canto escuro e seguro.

Tirou então o uniforme, ajeitou tudo na sacola de supermercado, tomou toda a batida de limão num trago só, para as pernas pararem de tremer, e saiu. Era uma viela escura e enlameada como todas as outras e Silva se misturou ao povo que saía dos barracos para ver o que havia acontecido.

9 ASSÉDIO SEXUAL

O POVÃO

Super Silva impede chacina

Ontem à noite o guardião dos pobres voltou a defender os cidadãos do morro da Mangueira contra as arbitrariedades da polícia.

Por volta da meia-noite um batalhão de choque invadiu a favela, arrombando casas e atirando. Estavam encapuzados para não serem reconhecidos e ameaçavam a população que, assustada, procurou se proteger como pôde.

O proprietário de um bar, senhor Tadeu, fechou as portas de seu estabelecimento, dando abrigo a mulheres, velhos e crianças. Foi então que todo o destacamento policial resolveu entrar, arrombando as portas. Certamente seria provocada uma chacina se Super Silva não aparecesse no último minuto.

Dezenas de testemunhas afirmam que nosso super-herói se materializou no meio do bar. Usando uma palavra mágica, Tchans!, ele pode aparecer e desaparecer instantaneamente. Tem quase dois metros de altura, a pele escura e um corpo coberto de músculos. Dizem que de seu martelo sai uma luz dourada.

Abrindo a marteladas um buraco no chão do bar, primeiro retirou todas as pessoas do local. Depois voou entre as palafitas que sustentavam o bar, veloz como um raio, e as derrubou, pondo tudo abaixo e liquidando com todo o batalhão.

Por um milagre não houve mortes, nem entre a população, nem entre os policiais.

O batalhão conseguiu se arrastar até suas viaturas e se retirou do local.

O secretário de Segurança do Estado já mandou instaurar inquérito policial e afirma que todos os policiais envolvidos serão punidos.

Mais detalhes sobre a nova façanha de Super Silva nas páginas seguintes.

Os telefones da redação de *O Povão* não paravam de tocar. Centenas de pessoas queriam ser entrevistadas, aparecer no jornal falando do Super Silva.

Quem não estava no local da invasão da polícia inventava que estava, e aproveitava para inventar também novas façanhas para o herói. E as mentiras às vezes coincidiam e viravam verdades.

Dezenas de pessoas afirmavam ter visto Super Silva sobrevoando o bar enquanto este despencava, com os braços esticados para a frente. Outros juraram que, na hora em que ele se materializou no meio do bar, de seu martelo saíam raios de fogo. Crianças apareceram em casa dizendo que ele as trouxera pelos ares. Que de seus olhos saíam as labaredas de fogo com que partiu as palafitas. Que defendeu o povo das rajadas de metralhadora da polícia com seu próprio corpo à prova de balas. E por aí afora.

Míriam Leite não tinha tempo nem para dormir. Havia material para encher páginas de jornal até o ano 2000.

Outros jornais naturalmente entraram no caso, cada um com a sua versão sobre os fatos. E logo chegaram os canais de tevê. E os políticos, vendo oportunidade para aparecer, começaram a se manifestar contra ou a favor, acabando por criar uma grande polêmica nacional.

Todos queriam falar sobre o assunto. Bispos, artistas, empresários, sindicalistas, intelectuais, economistas, costureiros, cada um tentava a seu modo aparecer nos meios de comunicação dando seu depoimento, escrevendo artigos sobre "o aparecimento de heróis populares e a conjuntura econômica brasileira", ou "os salvadores da pátria e o imaginário popular", ou ainda "o surgimento de lideranças diante da ausência do poder público", coisas assim.

As tevês subiam o morro atrás de novidades sobre o caso e o povo corria para a frente das câmaras como mariposas para a luz, inventando na hora o que dizer, daí surgirem relatos detalhados de aventuras inexistentes, de encontros pessoais com Super Silva, de como ele salvara esta ou aquela pessoa de brigas, perseguições, assaltos e de todas as coisas que podiam imaginar.

As igrejas se posicionaram contra, afirmando que o único e verdadeiro salvador era Jesus Cristo.

A imprensa estrangeira e muitas organizações não governamentais, sempre interessadas nas favelas, chegaram do mundo inteiro. Seus correspondentes mandavam do Rio de Janeiro para as principais capitais mundiais boletins diários com as mais recentes façanhas do super-herói brasileiro.

— Vai ficar deitado aí o dia todo? — implicou Tereza.

— Não enche.

— Não quer nem ler o jornal e ouvir as notícias na tevê? A cidade toda tá falando no que você fez.

— Me deixa em paz. Tô com febre.

— Tá nada.

— Foi aquele uniforme úmido. Eu disse que ia ficar gripado.

— Não vai nem consertar pneu?

— Manda o Valtencir lá na casa do Xavier dizer que tô doente.

— E os fracos e oprimidos?

— Estou mais é pra frascos e comprimidos.

— Isso é que é super-herói macho. Está com medo até de respirar — riu a sogra.

— Ainda dou uma martelada nessa velha.

Míriam Leite percebeu a tempo que, se não fizesse alguma coisa, e rápido, o caso sairia para sempre de suas mãos.

Aquela era a oportunidade de sua vida. Não podia deixar escapar. Precisava manter seu nome ligado ao de Super Silva.

Entrevista exclusiva

Nossa repórter Míriam Leite entrevista Super Silva com exclusividade para *O Povão*

Desde o nosso primeiro encontro se estabeleceu entre mim e Super Silva algo mais que uma relação profissional. Temos nos visto com a frequência que nossas vidas agitadas nos permitem, ele salvando pessoas e eu as mantendo informadas. Posso dizer que estamos praticamente noivos. Mantivemos o relacionamento em segredo, para preservar nossas vidas pessoais, mas agora, diante de tantas informações falsas a respeito dele, partiu do próprio Super Silva a iniciativa de dar esta entrevista.

Ontem à tarde ele me pegou na cobertura do prédio deste jornal e voei em seus braços até uma montanha nos Andes peruanos, aonde chegamos poucos minutos depois, a uma velocidade próxima à da luz. Foi lá, diante do mais belo entardecer da minha vida, que tivemos a conversa a seguir.

M. L.— Super Silva, eu, e garanto que nossos milhares de leitores, fico muito feliz por você ter resolvido dedicar alguns minutos de seu precioso tempo a esclarecer algumas dúvidas.

S. S.— Sim. Muita coisa tem sido dita a meu respeito.

M. L.— Serei breve. Não quero afastá-lo de seu trabalho

por muito tempo.

S. S.— Sim. Alguém sempre está precisando de meu socorro.

M. L.— Em primeiro lugar, diga-nos de onde veio... e como obteve seus superpoderes.

S. S.— Bem, nasci no satélite KP-15, que gira em torno do planeta PIK-10, na galáxia TRU-12a. Lá temos várias espécies de vida, algumas parecidas com as daqui, como os seres humanos. Mas, como não temos ar nem água, não respiramos, nem precisamos nos alimentar. Nosso corpo é feito de uma liga metálica e nascemos assim, já grandes. Como é um metal escuro, todos temos a pele preta.

M. L.— As mães devem sofrer na hora do parto...

S. S.— Não temos pai nem mãe. Nascemos de ovos que aparecem no fundo das crateras, mandados por Deus.

M. L.— E como você veio parar na Terra?

S. S.— Deus deixou o meu ovo lá no morro da Mangueira. Sei sobre meu passado porque trago tudo gravado na mente, que funciona como um computador de última geração. E também porque tenho voado até KP-15 constantemente.

M. L.— Por que acha que Deus fez isso?

S. S.— Ele devia saber que aqui na Terra eu teria superpoderes. Por exemplo, a gravidade de KP-15 é milhões de vezes mais forte do que a daqui, por isso na Terra sou capaz de voar e posso levantar o Maracanã com uma mão só, se quiser.

M. L.— Fale mais sobre seus superpoderes.

S. S.— Tenho visão de raio X, posso escutar uma folha caindo de uma árvore do outro lado do planeta, sou imortal, prevejo o futuro, o passado está todo gravado em minha mente, o fogo não me queima, a radioatividade não me atinge. Sou absolutamente invulnerável.

M. L.— Não há então nada que possa atingi-lo? Como a kryptonita faz com o Super-Homem?

S. S.— Sim. Existe uma coisa...

M. L.— Pode nos contar o que é?

S. S.— Você é a única que sabe, Míriam.

M. L.— Eu?

S. S.— Sim. É o amor.

M. L.— Oh, Super Silva, eu nem sei o que dizer.

(continua na página 4)

— Seus !! ! Cambada de !!

— Maish dotfô! Nósh... o home tênf shufer foderes meshmo.

— Superpoderes é o !! O Rio de Janeiro inteiro está nos gozando! Um sujeito sozinho, com a de um martelo, consegue arrasar um batalhão inteiro da polícia! Olha... olha só pra vocês, seus !!

Estavam num pavilhão do hospital. Mais de dez camas paralelas, com os homens que haviam rolado morro abaixo junto com o bar do Tadeu.

A metade ainda estava inconsciente pelo efeito dos anestésicos e sedativos e não podia ouvir nem os gritos do delegado Melo Alves, que chegava a chutar as camas de raiva. E o delegado voltava sempre ao leito do primeiro policial, aquele de nariz quebrado, agora também com um braço e um tornozelo enfaixados:

— Então é assim, sua besta? Invadir a favela atirando?!

— A shente quelia encontlá o Shuper-Shilva.

— ! Era pra ser um serviço sigiloso! Pagar uns dedos-duros, fazer umas perguntas... !! Agora estamos em todos os jornais, revistas e tevês do país! E do mundo! O secretário de Segurança me chamou pessoalmente e me ameaçou com o dedo na cara! Aquele ! E o secretário de Justiça!! E o presidente da Ordem dos Advogados do Brasil! E o ministro da Justiça! Tá todo mundo querendo a minha cabeça! E o pior é o ridículo! Um sujeito só... com um martelo! !!

— Dêsha eu shair daqufi e o shenhô fai vê... eu frendo... eu afabo cum a rasha daquefe ! Dêsha configo.

— Seu ! Se não sumir com esse tal de Super Silva quem vai sumir é você, se é que me entende.

Silva continuava embaixo do lençol e estava tendo

um sonho lindo: o Botafogo jogava contra o Flamengo, o jogo estava zero a zero, no último minuto o juiz marca um pênalti contra o Flamengo. Túlio se prepara para bater, toma distância, corre para a bola, e então tudo começa a tremer, as traves, o goleiro, o gramado, o Maracanã inteiro, e Silva abre os olhos e é Tereza que o sacode pelos ombros, gritando, esfregando o jornal na sua cara:

— Ah, é?! Ah, é? Noivinha do Super Silva, não é? Safado! Vou matar você! Quer dizer que é isso que fica fazendo de noite, não é?

Silva não queria acordar. Queria ver o Túlio bater o pênalti. Custou a entender. Tereza gritava:

— "Meu único ponto fraco é o amor..." Canalha! Quer dizer que o Super Silva tá noivo, não é!?

E por aí afora. Até que Betinha apareceu na porta com cara de sono e lembrou:

— Ei. Se vocês não pararem com isso, os vizinhos vão saber que o Super Silva é o velho aí.

Tereza calou-se. Fez um esforço imenso para engolir a raiva e atirou *O Povão* na cara do marido. Silva leu e compreendeu. Primeiro levou um susto, depois começou a rir.

— Tá rindo de quê? Tarado!

— Você acreditou nessa maluquice, mulher?

— Não se faça de besta comigo.

— Olha pra mim. Eu tenho cara de quem nasceu em outra galáxia?

Tereza se controlou para não rir:

— É. Acho que não.

— Já me imaginou saindo aqui no morro, de dentro de um ovo? Tá achando que a minha mãe é galinha?

Tereza teve de rir. Silva a abraçou e beijou.

— Que é isso, nega? Tá me estranhando? Essa jornalista tá querendo se promover à minha custa. Deixa ela. Eu só penso em você, amor.

— Tudo bem... mas isso não tá certo. Saiu no jornal. Todo mundo vai falar que você tem outra.

— Mas neguinha... ninguém sabe que eu sou o Super Silva.

— Ah, é.

ESCAPANDO POR POUCO

Defensor do povo revela em quem vai votar para prefeito

Super Silva apaga incêndio soprando

Herói do morro salva criança da boca do jacaré

— Nega?

— Hã... que é?

Silva estava sem sono, sentado na cama, fumando um cigarro, olhando as luzes do Rio de Janeiro.

Madrugada. A favela quieta. Muito ao longe uma batucada. De vez em quando um tiro.

— Tá acordada?

— Agora tô, infeliz.

— Decidi, nega. Não dá mais. Não consigo. Tenho que parar. Depois do que eu fiz com o batalhão da polícia... se eu voltar... o bicho vai pegar de verdade.

— Faz o que quiser, mas me deixa dormir.

— Somando todo o dinheiro que levantei, já deu pra quebrar o galho. Paguei todas as dívidas, comprei umas coisas pra casa, inclusive a tal máquina de lavar que você pedia desde o casamento... e roupas e brinquedos pros delinquentes, quer dizer, se parar, tô no lucro. Não acha, não?

— E o que é que a gente faz com a fábrica de bonecos? E o resto todo? Você devia é tá na rua caçando serviço.

Com o tremendo sucesso do Super Silva, saindo

diariamente nos jornais e nas tevês, quando Silva percebeu, sua família havia virado uma microempresa.

Tudo começou com a ideia de sua sogra. A velha começou a fazer bonecos de pano do Super Silva para vender para as crianças da vizinhança. A coisa cresceu.

— Ô, mulher, mas eu...

— Sem o Super Silva por aí os negócios vão parar. Logo agora que a gente arranjou vendedores e vai poder deixar nas lojas. Sabe que já tem pedido até de outros estados? Tão querendo boneco do Super Silva em São Paulo, Minas e Espírito Santo.

— É mesmo?

— A Betinha já vendeu pro morro todo, e pros amigos da escola. A menina tá feliz, ganhando seu dinheiro, comprando suas coisas.

— É verdade.

— E o Valtencir? O rap dele é um sucesso. O Antônio da Laís canta ele nos bailes e dá um troco pro menino. Diz que vai até gravar um CD. Nosso filho tá tomando gosto pela coisa. Um amigo dele fez um desenho teu. Vão estampar em camisetas e vamos vender junto com os bonecos.

— A gente já nem consegue andar dentro de casa com tanto pano, pedaço de espuma, saco de boneco, rolo de linha. Onde é que isso vai parar?

— Vamos ficar ricos, droga.

— Será?

— Morar em apartamento, viajar pra Miami, comer fora e pedir sobremesa, comprar um carro, fazer operação plástica no nariz.

— Gosto do teu nariz.

— Custa sair por aí à noite, vestido de Super Silva, de vez em quando? Só pra aparecer na tevê... nos jornais... pra manter o negócio funcionando, entende?

— Mas de repente nem precisa, nega... há quanto tempo tô parado? Um mês. E continua aparecendo reportagem sobre o Super Silva... porque vão inventando novas aventuras pra mim, com pessoas jurando que me viram voando, atravessando paredes, levantando edifícios...

— Só que daqui a pouco eles cansam e esquecem você. Mas tudo bem. Faz o que quiser. Se não quer pensar no bem da família, deixa pra lá. Eu quero dormir. Boa noite.

— Boa noite, amor.

— Ah... você precisa comprar mais duas máquinas de costura. A Albertina e a Glória vão trabalhar pra gente fazendo as roupas do boneco. Se vira.

Comunicou à família que estava fora do negócio de super-herói. Ninguém falou mais com ele.

Passou mais duas semanas sem sair à noite.

Começou a se sentir inútil, e estorvando o trabalho com os bonecos e camisetas.

Aos poucos foi sentindo falta do antigo prestígio, até que uma noite saiu do quarto com a sacola de supermercado, parou no meio da sala e disse:

— Tudo bem. Super Silva volta a atacar. TCHANS!

Desceu o morro com o uniforme dobrado na sacola de supermercado e vagou horas pelas imediações sem encontrar nenhum serviço. Chegou a se afastar bastante, andou até pela Tijuca, atrás de um simples assalto ou um roubo de carro, mas não conseguiu nada. Tomou umas cervejas e pegou o caminho de volta para casa.

Estava muito cansado e chateado. Quando dobrou a segunda viela dois homens armados saíram das sombras e barraram seu caminho.

— Onde é que você vai? — perguntou o da direita.

— Pra casa.

— Vai ter de pagar pra passar — disse o da esquerda.

Aquilo se chamava pedágio. De vez em quando o chefe do tráfico de drogas da área resolvia ganhar um dinheiro extra cobrando uma taxa para os moradores poderem passar. Silva pagou e passou.

Mas, assim que saiu do campo de visão dos dois, entrou por baixo de um barraco e trocou de roupa entre as palafitas. Depois veio se esgueirando pelas sombras e acabou surpreendendo os bandidos de costas no momento em que extorquiam outra vítima, uma mulher com duas crianças.

O homem da esquerda levou a primeira marretada e caiu fulminado. O segundo ainda correu assustado, mas Super Silva lançou o martelo com toda força e o atingiu nas costas. O homem foi jogado contra uma parede, bateu a cabeça e foi escorrendo para o chão, como uma geleia.

As crianças o olhavam encantadas, a mulher chorou e beijou sua mão. Super Silva jogou as armas na vala negra, depois tirou todo o dinheiro que encontrou nos bolsos dos homens, devolveu o que a mulher havia dado a eles mas, quando ia embora, procurou o martelo e não encontrou. Havia escorregado para baixo de um barraco, por um buraco apertado onde ele não conseguiria entrar.

Uma das crianças, um menino de uns dez anos, se enfiou lá dentro, e passaria o resto da vida contando como recuperou o martelo do Super Silva.

— Super Silva — disse a mulher —, meu marido tem um bar... o Bar do Lourival... pro lado da bica... conhece?

— Sim, minha senhora. A mente computadorizada de Super Silva conhece todas as coisas. — Havia gostado da entrevista no jornal.

— O Perna tá mandando seus homens lá cobrar proteção toda semana. A gente tá com muito medo. O dinheiro anda curto, mas se não pagar eles matam mesmo.

Perna era o nome do chefe do tráfico, e proteção era uma taxa que ele cobrava dos comerciantes para protegê--los dele mesmo.

— Não deixarei isso acontecer — afirmou Super Silva, já querendo ir embora e se livrar da mulher. Estava apertado para fazer xixi.

— Eles vão aparecer lá amanhã, às duas da madrugada.

— Tudo bem.

— Preferimos pagar a proteção ao senhor, Super Silva.

— Certo. Certo. Agora tenho uma missão muito importante. Até amanhã.

Na verdade, sempre que Silva via as notícias falsas sobre ele sentia um certo ciúme, como se houvesse um outro super-herói concorrendo com ele. Decidiu começar a caprichar mais no serviço.

Na noite seguinte saiu preparado. Pela primeira vez sabia o que ia fazer com antecedência.

À uma da manhã já havia subido na marquise do Bar do Lourival, sem que ninguém tivesse visto, e vestido o uniforme.

Às duas e quinze, o bar fechando, apareceram os três capangas do Perna. Não chegaram a entrar.

Super Silva abriu a capa no ar e voou sobre eles. Caiu por cima de um, marretou outro na cabeça e pronto, dois fora de combate. O terceiro correu. Super Silva lançou o martelo e o abateu com um golpe preciso na nuca. Em seguida o martelo voltou sozinho à sua mão direita.

Depois da última experiência, não queria mais se arriscar a perder o martelo e o amarrara ao pulso com um pedaço de câmara de ar de bicicleta.

Os últimos fregueses, todos bêbados, confirmariam aos

jornais e tevês no dia seguinte os poderes do martelo mágico.

Lourival pagou pelo serviço e Super Silva ainda saiu com uma bolsa cheia de latas de cerveja.

Encontrou o trabalho ideal. A notícia de que o Super Silva estava dando proteção ao comércio se espalhou e todos queriam seus serviços.

Em algumas semanas sua clientela se estendeu por todo canto da favela onde havia um comércio.

Num sábado à noite levou Tereza a um bom restaurante em Vila Isabel.

— O esquema é sempre o mesmo — se vangloriava. — Armo uma tocaia pros homens do Perna e tiro eles da jogada. É uma vez só. Não voltam mais. Aí pagam a proteção é pra mim. É só passar de vez em quando pra pegar a grana e levar umas cervejas. Moleza. Tô me sentindo um funcionário público. Devia até descontar pra aposentadoria.

— Não sei não, querido. Isso não parece trabalho de super-herói.

— Mas não tem risco. O dinheiro é certo.

— Cobrar proteção não é coisa de bandido?

— Ué, mas não é o imposto da gente que paga a polícia? E os bombeiros? E o exército? Acha que esse pessoal todo protege a gente de graça?

— Pensando bem...

— Deixa comigo.

— Posso pedir morango com creme no final?

— Pode, amor.

A família não podia se queixar. Todo mundo estava faturando graças ao Super Silva, e a imprensa não parava de fazer propaganda, criando aventuras fantásticas para ele.

Compraram tevê em cores, aparelho de som, antena parabólica, videocassete e até forno micro-ondas.

Silva parou de fumar cigarros.

Passou a fumar charutos.

Aconteceu numa segunda-feira chuvosa.

A birosca era perto do asfalto, no pé do morro. Já estava vazia àquela hora, quase três da manhã, e o dono o esperava para fazer o pagamento, sonolento, atrás do balcão engordurado.

Quando Super Silva chegou, os policiais saíram de todos os cantos. Uns dez, não viu direito, todos muito fortes, e a luta começou.

O martelo vibrava no ar, acertando cabeças, ombros, barrigas, paredes. Chutava e socava o que aparecia pela frente.

Lutou como um leão ferido, colocando toda sua força

nos golpes, resistindo a pauladas com cacetes que derrubariam um cavalo, a socos que furariam paredes, e no meio de tudo aquilo conseguiu perceber que o queriam vivo, porque ninguém atirava.

Não ia se entregar. Pela primeira vez acreditou realmente que era um super-herói, imortal, de outro mundo, vindo à Terra para combater o mal. E o martelo não parava. E aos poucos foi liquidando um, depois outro, e outro, e foi surgindo mais espaço em sua volta.

Os golpes que levava foram ficando mais fracos e seu martelo fazendo mais estragos, liquidando um policial a cada pancada, e por fim percebeu que ia vencer a luta. Nesse momento sentiu um cano frio em sua nuca e ouviu um grito:

— Pála shenão atilo!

E então parou e olhou em volta.

A birosca totalmente destruída, os policiais espalhados por todo canto, uns por cima dos outros e, a suas costas, um deles, com o nariz engessado, o único que restara e que não devia ter entrado na briga. Super Silva, mesmo tonto e sangrando pela boca, achou que o conhecia de algum lugar.

— Eu sheria tfe lefar fifo, infelich... pra tfe matá emf otrof luga... maish fai sê aqui meshmo...

Super Silva chegou a ouvir o *plec* da culatra e fechou os olhos... mas então houve um barulho seco, como um chute num balde com água, e o policial de nariz quebrado caiu para o lado. Mesmo desacordado, seu dedo continuou apertando o gatilho enquanto caía e o tiro atravessou a última garrafa de cachaça que restara inteira na prateleira.

Super Silva virou para trás e viu um homem forte, grande como ele, rindo com um pedaço de pau na mão:

— Foi por pouco, seu Super.

Atrás do homem apareceu então a repórter Míriam Leite:

— Chegamos bem a tempo — ela disse.

— Co... como...? — gaguejou Super Silva.

— Nosso jornal tem informantes na polícia. Como acha que conseguimos nossos furos de reportagem? Soubemos que preparavam uma emboscada e não podíamos deixar que sumissem com você.

— Tá... tá legal... obrigado. Agora... vou me mandar...

— Espere, Super Silva — ela pediu. — Só um favor.

E então Míriam Leite o abraçou, enquanto nas mãos do homem forte aparecia uma máquina fotográfica.

LATINDO PRA ECONOMIZAR CACHORRO

E aí tudo começou a dar errado.

Primeiro foi o estado lamentável em que saiu da briga com a polícia. O corpo coberto de hematomas, o pulso direito destroncado, dois dentes a menos, um corte fundo na perna esquerda e dor, muita dor pelo corpo todo, que o abrigou a ficar três dias deitado enfiando supositórios anti-inflamatórios.

— O Super-Homem nunca colocaria um supositório. Isso é o fim — resmungava.

Depois foi a situação da borracharia. Teve de faltar vários dias. Mandou dizer ao Xavier que havia batido com o táxi. O sócio apareceu no barraco furioso:

— Já tô cheio! Chega! Agora tem sempre uma desculpa pra não trabalhar.

— Mas não tá me vendo todo arrebentado?

— E sou eu que vou ficar lá o dia todo?

— Sei lá. Se vira.

Teve vontade de dar uma marretada nele, mas Xavier saiu batendo a porta. A sociedade foi desfeita e a borracharia fechou.

Ao mesmo tempo pararam totalmente as vendas de bonecos e camisetas que produziam do Super Silva porque, com a fama nacional do super-herói, uma grande empresa entrou de repente no negócio e fez produtos muito mais baratos, enchendo o mercado de bonecos de todos os tamanhos, alguns falando "Tchans!" e "Vocês estão presos, bandidos!", camisetas de todos os tipos, e mais chaveiros, copos, uniformes completos para crianças, kits para festas infantis, sabonetes, xampus, botas, capas de caderno, quebra-cabeças, jogos de caça aos bandidos, revistas em quadrinhos, boias de todos os modelos, bolas para todos os esportes, iogurtes, e por aí afora.

E quando Silva lembrou que poderia ter tirado patente do nome Super Silva, ganhar uma percentagem de cada um daqueles objetos vendidos e ficar bilionário, descobriu que a tal empresa já havia feito isso antes.

Isso o deprimiu de verdade.

Mas o pior foi a foto.

Quando Tereza o viu abraçado com a Míriam Leite na primeira página de *O Povão*, fez um escândalo tão grande que os vizinhos tiveram de segurá-la. E foi um custo para a família esconder o motivo.

Ainda com dores, Super Silva voltou a sair para o trabalho. Tinha dois motivos para isso: arranjar dinheiro e se afastar de Tereza, que não o deixava em paz um minuto com suas crises de ciúmes.

Mas o trabalho também não estava fácil. Tremia de medo que alguém descobrisse o que levava na sacola de supermercado. E mais ainda quando vestia o uniforme.

Evitava até passar perto dos antigos pontos onde vendia proteção, com medo de novas emboscadas.

Estava jurado de morte pela polícia e pelo chefe do tráfico de drogas, o Perna.

Nas várias igrejas espalhadas pelo morro os pastores pregavam contra ele, repetindo aos fiéis que só Jesus era o verdadeiro salvador.

Os políticos da região usavam e abusavam do prestígio do Super Silva para se promover, e ele acabou sendo alvo de intrigas, de acusações de corrupção, de desvio de dinheiro, de cobrar proteção, de explorar a fé dos humildes, de estelionato e até de assédio sexual. Um jornalista chegou a sugerir que os Estados Unidos o processassem pelo uso indevido das imagens dos super-heróis americanos.

Saía então à procura de serviço muito amedrontado, evitando se meter em encrencas perigosas demais, não querendo se expor.

Pensou, por exemplo, em esperar na saída do baile funk. Sempre havia brigas de galeras e ele podia apartar, salvar alguém, depois pedir um trocado, quem sabe até arranjar um bico como segurança.

E então estava lá, vestido de Super Silva, escondido atrás de uns latões de lixo, quando viu Betinha sair do baile agarrada ao namorado.

Pulou em cima do rapaz, deu-lhe uma marretada na cabeça e saiu puxando a filha pelo braço.

Ela não falou mais com o pai.

Valtencir também não falava com ele havia tempos. Antônio da Laís registrara o rap do Super Silva em seu próprio nome, ganhou uma fortuna com a gravação do CD e não deu um tostão ao menino. E Silva não fez nada porque o tal Antônio da Laís era sobrinho do Perna.

Em um mês, o único dinheiro que ganhou foi ajudando uma senhora a trocar um pneu em frente à estação de trem de São Cristóvão.

Impediu um assalto a um caminhão frigorífico e lhe deram como pagamento apenas uma peça de costela magra, que levou para Tereza dizendo:

— São os ossos do ofício.

Mas ela não riu.

Salvou uns dois ou três camelôs de sofrerem assaltos quando subiam a favela com suas mercadorias no final do dia, mas só ganhou com isso giletes, amendoins, latas de cerveja, balas e três ovos de Páscoa.

Ficou tão por baixo que aceitou uma mixaria para aparecer para os dois filhos pequenos de uma mulher que morava sozinha, e descobriu nessa noite que Tereza o vinha seguindo, por puro ciúme. Quando ela invadiu o barraco e encontrou as duas crianças brincando de cavalinho em cima de Super Silva, começou a quebrar tudo e ele foi obrigado a dar uma marretada, de leve, na cabeça da própria esposa, tirando-a dali antes que o morro todo soubesse qual era a sua identidade secreta.

Foi o fundo do poço. Mesmo.

O ciúme de Tereza se tornou violento e Super Silva tinha medo de apanhar se chegasse tarde em casa.

— Ele devia é vestir o tal uniforme — resmungava a sogra pelos cantos — e sair vendendo os bonecos encalhados.

— Por causa dele perdi o namorado — chorava Betinha.

— Só volto a falar com ele se der uma marretada no Antônio da Laís e pegar meu rap de volta — ameaçava Valtencir.

Até Bira lhe virou as costas quando descobriu que o Super Silva saía à noite sem o Robin.

E além do desprezo familiar, a miséria.

Sem a borracharia e com medo de entrar em novas encrencas, às vezes chegava a ver um problema mas não tinha coragem de vestir o uniforme. Foi obrigado a ir vendendo aos poucos o que havia comprado. Numa semana foi o videocassete, na outra o micro-ondas, e lá se foram a antena parabólica e o videogame, e com pouco mais de um mês a família Silva ficou pior do que antes.

Mas Silva não deixava de sair à noite, ao menos para passar algumas horas fora de casa.

Andava sem rumo pela favela com sua sacola de supermercado, pensando na vida.

"Super-herói é coisa de americano", filosofava.

Ou então se consolava: "É uma atividade como a do jogador de futebol, não dura muito".

"Se ao menos pudesse requerer a aposentadoria eu ia empurrando o serviço com a barriga. É, barriga não me falta."

Naquela quarta-feira chuvosa saíra especialmente deprimido. Seu prestígio em casa estava tão baixo que lhe haviam tirado a proteção das costas, porque o forno do fogão não podia mais ficar sem bandeja...

"E, do jeito que as coisas vão, acabo vendendo a calota pra algum ferro-velho."

Acabou sentado no meio-fio, embaixo de uma marquise, ouvindo o jogo no radinho de pilha. Seu único motivo de alegria naqueles tempos era a campanha do Botafogo no campeonato estadual.

Ficou ali, solitário e encolhido, sofrendo com o zero a zero... até que, faltando três minutos para terminar a partida, Túlio matou no peito, driblou um, dois, três zagueiros e chutou no canto esquerdo. GOOOOLL!

Silva levantou, com o coração cheio de entusiasmo, e tomou uma decisão importante: entrou na primeira birosca que encontrou e pediu uma cerveja.

Logo depois chegou um grupo de botafoguenses, vindo do Maracanã, entre eles um conhecido bicheiro, que bancou bebida para todo mundo.

À uma da manhã, depois de várias cervejas e algumas branquinhas, Silva saiu cambaleante e tomou o rumo de casa.

Ia feliz, pela primeira vez em muitas semanas, e resolveu que chegara a hora de consumir seu último charuto, o único que restara da época das vacas gordas.

À medida que subia, ia achando o morro muito agitado para aquela hora. Pessoas conversando nas janelas, grupos sussurrando pelos cantos, rostos preocupados querendo chegar rápido em casa.

Encontrou um conhecido que vinha na direção contrária e perguntou:

— O que tá acontecendo?

— A coisa vai ficar feia, Silva. Vão matar os meninos.

— Como é?

— O Perna mandou matar três moleques que passavam droga e não entregaram a grana. Estão lá no largo do Pires. Tá todo mundo correndo pra casa pra não se comprometer.

E foi o que Silva começou a fazer, quase correndo, até que de repente parou.

"Ei, que espécie de super-herói é você? Vai deixar as criancinhas nas mãos do traficante? Não vai fazer nada?"

Estar meio bêbado foi fundamental na decisão. Rumou para o largo do Pires.

Não era longe. Havia o bar do tal Pires, fechado àquela hora, e o pequeno largo na frente, com um círculo de barracos em toda a volta. As três vielas mais importantes desembocavam lá, fazendo do local uma espécie de centro nervoso da favela. O que acontecia por ali todo o morro ficava logo sabendo.

A certa altura Silva avançou por baixo dos barracos — estava ficando perito naquilo —, já vestido como Super Silva, e chegou a tempo de ver, bem no centro do largo, os três meninos sentados no chão, com as mãos na cabeça, e dois homens na frente com as automáticas apontadas.

Os meninos tinham a idade de Valtencir. Os homens, com camisetas amarradas na cabeça deixando só os olhos de fora, pareciam esperar alguma coisa.

Super Silva fez a volta, em silêncio, até surpreendê-los pelas costas. Foi um serviço fácil. Saiu das sombras, avançou rápido e lançou a marreta da direita para a esquerda, atingindo as duas cabeças de uma vez só. Em seguida, enquanto os corpos caíam, mais duas marretadas curtas, uma para cada cabeça, só para deixar o trabalho benfeito.

Pronto.

Não precisou nem apagar o charuto.

Os três meninos ficaram de pé e Super Silva fez um pequeno discurso contra as drogas e o mundo do crime, incentivando os estudos e o bom comportamento, até reparar que cada um dos três apontava um revólver para ele.

— Cala a boca, Super Otário — disse o mais alto.

Era uma emboscada.

Super Silva olhou em volta. Do telhado de todos os barracos em volta surgiram bandidos, e das janelas, e das vielas, todos fortemente armados e apontando para ele.

E então as portas do bar do Pires se abriram e lá de dentro saiu o próprio Perna, com uma escopeta na mão e um sorriso no rosto.

HA! HA! HA!

OLHO POR OLHO

Se estivesse só um pouco mais bêbado, Super Silva teria rido. Com toda sua fama de mau, Perna era um mulato baixinho e muito magro que com uma marretada bem dada ficaria mais chato que um selo.

— Então afinal aí está o grande super-herói — ele disse. — Um pouco barrigudo, não?

Todos riram. Super Silva começou a suar frio por baixo da máscara do Batman. Perna se aproximava lentamente, com a escopeta apontada:

— É você então que tá atrasando o meu lado. Se metendo no pedágio. Tomando os meus pontos de proteção. Atraindo a polícia pro morro. Tirando o meu prestígio com a criançada.

Perna ia falando e esperando a reação das dezenas de bandidos em volta. Estava no centro das atenções e gostava muito disso. Acabou a um passo de Super Silva e encostou a ponta da escopeta na barriga dele. Sentiu o barulho do aço.

— Ah... então a barriga é de aço mesmo. Vamos ver. Levanta essa maldita malha do Super-Homem.

Não havia o que fazer. Super Silva levantou a malha, com a camiseta junto. A calota caiu e foi rolando pelo chão até parar num latão de lixo.

Foi uma gargalhada geral. Alguns bandidos choraram de rir.

— Olha aí, pessoal — gritou Perna. — A coisa está divertida, mas vamos acabar logo com a raça desse infeliz.

E o serviço vai ser feito aqui mesmo, pra todo o morro ficar sabendo quem é que manda no pedaço. O primeiro tiro é meu. Depois cada um dá o seu. No final a gente tira a máscara pra ver quem é o otário.

E, para Super Silva:

— Ajoelha aí. Tem um minuto pra rezar e encomendar a alma.

— Um minuto é tempo demais — disse Super Silva, e a marreta subiu.

Acertou a escopeta por baixo e a atirou longe. Ao mesmo tempo, com a mão esquerda agarrou Perna pelo pescoço e o apertou contra o peito. Com a outra mão, já livre do martelo, tirou o charuto da boca e o encostou no olho esquerdo do traficante, a um centímetro da pálpebra.

— Todo mundo parado senão o patrão de vocês perde o olho — gritou.

Houve um princípio de indecisão e Super Silva achou melhor reforçar a mensagem:

— Diz pra eles, Perna... manda eles largarem as armas... jogar elas aqui no largo, senão eu enfio esse charuto aceso no teu olho... imagina como vai doer... essa brasa entrando...

— Tá... tá... — berrou Perna. — Jo... joguem as armas...

Foi uma chuva de metralhadoras, revólveres, escopetas e fuzis.

O traficante era fraco. Ficou bem preso nos braços de Super Silva.

— Agora — disse o super-herói —, nós dois vamos embora, calmamente, e seus amigos vão ficar aqui, parados.

— Pensa que vai escapar assim? Com um... charuto...

— Tenho certeza. Vi isso num filme de caubói, e olha que as montanhas em volta estavam que era índio puro. Vamos lá... dê a ordem!

— Não.

— Não seja besta. O herói aqui sou eu. E só quero cair fora. Mesmo que atirem em mim vou ter tempo de enfiar a brasa no teu olho.

Foi preciso queimar um pouco a pálpebra para Perna entregar os pontos e gritar:

— Tudo bem! Vocês... quero todo mundo quieto... ninguém faz nada... parados!

— E ainda dizem que fumar faz mal à saúde — disse Silva, e saiu arrastando o traficante pela viela mais próxima.

A chuva voltou, fina, enquanto Super Silva arrastava Perna por entre as vielas estreitas.

Sabia que os bandidos o seguiam. Não podia ouvir nem ver nada, mas eles estavam lá atrás, com certeza.

Assim que se visse livre do chefe eles cairiam em cima como moscas de padaria no pão doce. Sua única chance era despistá-los. Mas como?

E, preocupado com isso, acabou passando por baixo de uma calha. O filete de água que descia do telhado de um barraco apagou o charuto.

Por um instante os dois se olharam, confusos, até Perna gritar.

Não havia o que fazer. Super Silva o socou com vontade, largou-o e saiu correndo, porque, como imaginava, os bandidos apareceram logo atrás, novamente armados.

Correu. Correu como um louco. Sabia que se o alcançassem seria o fim.

Correu morro acima, escorregando na lama, enganchando a capa do Batman, deslizando em restos de lixo, com tiros ricocheteando em sua volta.

E perdeu o rumo. Já mal respirava, quando de repente viu os barracos acabarem. Chegara ao fim da favela, o ponto mais alto. À sua frente apenas um abismo escuro, a escarpa de uma antiga pedreira, e outros barracos lá embaixo.

Encurralado.

A decisão tinha de ser rápida. Uma morte humilhante nas mãos de Perna ou... Olhou para trás. Os primeiros bandidos já chegavam, aos gritos...

Pulou.

Durante a queda viu a capa do Batman aberta e teve a sensação de que podia mesmo voar. Mas logo chocou-se contra um telhado de amianto e afundou dentro de um barraco.

Levou um grande susto quando percebeu que, além de não estar morto, não quebrara nenhum osso. Caíra sobre um homem muito gordo, que dormia numa cama macia.

Claro, apesar de difícil de acreditar em tamanha sorte, a coisa até faria sentido, não fosse o fato de o homem estar usando um capuz preto cobrindo o rosto e, ao seu lado, encontrar uma metralhadora e duas granadas.

Meio tonto, e no meio da poeira levantada pelo desabamento do telhado, escutou alguém chorando. Tirou umas telhas de cima e encontrou um rapaz, algemado.

— Ei. Que diabo é isso?

— Super Silva! — gritou o rapaz. — Super Silva!

— O que tá acontecendo por aqui?

— Se... sequestro.

— Ah, não. Assim não dá.

A LEI DO SILÊNCIO

— Alô! Míriam?

— Hã?...

— Míriam.

— Braga?

— É. É.

— Não acredito. Você sabe que horas são?

— Três da manhã. Tive que te acordar, garota. O Super Silva se estrepou.

— O quê?

— O morro da Mangueira inteiro já sabe. O traficante de lá, o tal de Perna... foi uma perseguição dos diabos... vem cá pra redação, já...

— O que aconteceu com o nosso herói?

— Ficou acuado pelo bando todo... no alto do morro... acabou se atirando de um abismo...

— Mas ele é imortal... tem o corpo de aço e pode voar...

— E a minha mãe é uma bicicleta. Para com isso. Vem logo. Precisamos preparar uma edição especial.

— Alôf.

— Quem é?

— É da caxa do defegado Felo Alfes?

— A essa hora?

— É urfente. Quein ta falando?

— É a mulher dele. Quem podia ser? Espera aí que eu vou chamar... ei... amor... acorda... tem um fanho aqui querendo falar com você...

— Ãhh... alô...

— Alôf.

— Isso são horas, !

— O Shuper-Shilva danchou!

— Como é que é?

— Fegaram o fiseráfel.

— Quem fez o serviço?

— O Ferna.

— Como é que foi?

— Chaíu dum frecifício.

— Você tá na delegacia?

— Fô.

— Me espera aí.

— Mãe. Mãe.

— Que foi?

— Acorda, mãe.

— Betinha...? O que que aconteceu? Tá chorando? Que horas são?

— Pegaram o velho.

— Como é que é?

— O pai... o Super Silva... o Perna e o bando todo perseguiram ele até o alto do morro e o pai se jogou lá de cima... o morro todo tá acordado... eu tava no baile funk... o baile parou... a gente ouviu os tiros... o velho caiu em cima de um barraco... aí o bando todo desceu e metralhou o barraco todo... jogaram até uma granada... depois tocaram fogo, mãe.

— Ai... não... não... eu vou...

— Não, mãe... a gente não pode ir lá... se sabem que ele é o pai... matam a gente também...

— Braga.

— Míriam! E então?

— Estou chegando de lá.

— Tirou fotos?

— Do que restou. Um monte de carvão.

— É?

— Não sobrou nada. Ele caiu de muito alto, mas mesmo que tivesse sobrevivido à queda... entrevistei pessoas... descarregaram o arsenal todo em cima do barraco, até granada, depois tocaram fogo...

— E o corpo? O corpo!

— Nada. Ninguém viu.

— Como ninguém viu?

— Só pude entrar no morro depois que o dia nasceu. A polícia também. O pessoal do Perna teve tempo de sobra pra sumir com o corpo. Ou o que restou dele.

— As pessoas disseram isso? Alguém viu?

— Claro que não. Não sabe como é no morro? A tal lei do silêncio? Ninguém viu nada. Ninguém sabe de nada.

— Delegado Melo Alves.

— Se... senhor secretário de Segurança... a... que honra... o senhor aqui... na delegacia... pessoalmente... a que devo a...

— Para com isso, Alves. O prefeito me mandou.

— Sua excelência...?

— Malditos telefones. Todos grampeados. Ou pela própria polícia ou pelos bandidos. Não se pode confiar mais neles. As coisas importantes têm de ser ditas pessoalmente. Com tanta tecnologia, acabamos voltando ao passado.

— É verdade, doutor.

— Vou ser bem claro, pra não precisar repetir. Não é difícil de entender. Tínhamos um herói popular na favela, ficando cada vez mais famoso por defender a população carente, coisa que quem tem que fazer é a polícia. Certo?

— Certíssimo, doutor.

— O sujeito estava queimando o nosso filme, como se diz, e sugerimos a você e a seus homens que, digamos, sumissem com ele.

— E nós...

— Meteram os pés pelas mãos. Nos fizeram cair no ridículo. E aumentaram o prestígio do tal super-herói, fazendo-o defender o povo da própria instituição policial. Saímos em todos os jornais, daqui e do exterior.

— Foi.

— Agora os traficantes liquidam com o sujeito. O povo já estava contra nós por saber que queríamos acabar com ele, e agora estão mais contra ainda, porque não o protegemos dos bandidos. Está acompanhando o raciocínio?

— Perfeitamente, senhor.

— Pois é. Não resta outra saída. É preciso achar um culpado para tudo isso, compreende? Não pode ser a instituição. Foi apenas uma pessoa que fez a coisa errada. Um bode expiatório, sabe como é. Abrimos um inquérito policial, nossa assessoria de imprensa se encarrega de divulgar a coisa toda nos meios de comunicação, crucificamos o coitado... mas ele não perde o emprego... vai ser apenas afastado... para bem longe... onde possa continuar prestando seus serviços... a Baixada Fluminense, por exemplo...

— Sei.

— Bom. Tenho que ir. Fique aí adivinhando quem foi o escolhido. Até.

— Doutor.

— Sim?

— Só uma coisa.

— Diga.

— Posso levar alguém comigo?

— Sem problemas.

— Então o acompanho até a saída. Preciso falar com o Fanho.

— E então, Braga. O que a gente faz? E a tal edição especial?

— Sei lá, garota. Acho que temos de anunciar a morte do Super Silva, porque a coisa vai se espalhar pelo Rio de Janeiro todo, de qualquer jeito.

— Isso vai ser ruim.

— Muito. Mas não tem saída. Acabaram com ele, a gente sabe disso. Não vai adiantar continuar inventando aventuras pra ele. Acabam desmascarando o jornal e ficamos pior do que já estamos.

— Tem razão.

— Dane-se. Pronto. Acabou. Acabou. É isso aí.

— De repente a coisa pega, Braga. Aparece um novo super-herói. Tá cheio de maluco por aí.

— É. Vamos esperar.

— É... ei! Olha o retrato do Super Silva na tevê!! Aumenta aí!

... e às onze horas da manhã o filho do empresário Abílio Pontes chegou à sua residência na Gávea, depois de um mês nas mãos dos sequestradores.

Ainda muito abalado, o rapaz afirmou que...

EDIÇÃO ESPECIAL O POVÃO

A última missão

Super Silva liberta filho de empresário sequestrado

Nesta madrugada a cidade do Rio de Janeiro perdeu seu herói mais amado. Super Silva deu a própria vida em troca da de um rapaz sequestrado há um mês e mantido em cativeiro num barraco no morro da Mangueira.

O sequestro foi na verdade uma emboscada preparada pelo tráfico internacional, depois que descobriram que um minério chamado TRIX-8, raríssimo, contido no interior de um asteroide caído na Colômbia no início do século passado, era capaz de enfraquecer os poderes do Super Silva, tornando seu corpo de aço vulnerável ao fogo.

Nosso jornal está de luto.

Saiba tudo a seguir:

CADA UM POR SI

Uma tristeza enorme se abateu sobre a família de Silva.

Os meses que se seguiram à tragédia foram muito duros.

Além da dor pela perda do pai, marido e genro, a revolta por não poderem fazer nada. Nem mesmo tentar saber com certeza o que acontecera naquela noite. Se revelassem a identidade do Super Silva seriam perseguidos pela polícia, ou, mais certo, mortos pelos traficantes.

Estavam como sempre: nas mãos dos poderosos, acuados pelas armas.

E agora sem ao menos um super-herói para lutar por eles.

Tereza seguiu vivendo, com dificuldade, ela e a mãe costurando para fora.

Para os vizinhos disse que Silva a abandonara por uma mulher mais nova, porque ela sabia que era o tipo de coisa em que todos acreditariam. E, além de todo o sofrimento pelo que passava, ainda era obrigada a ter notícias da repórter a toda hora na tevê.

Míriam Leite continuou se promovendo à custa do Super Silva. Aparecia em todos os canais, até ser contratada como apresentadora de um programa de entrevistas. Depois ganhou um bom dinheiro posando nua para uma revista como a Noiva do Super Silva. Em seguida escreveu um livro chamado *Minha vida com o Herói do Povo* e se candidatou a deputada federal com o slogan

"Uma Super Mulher no Congresso". As pesquisas a apontavam como favorita.

Mas uma coisa consolava a família de Silva: ele continuou existindo no coração das pessoas.

Seus feitos, sua luta contra os poderosos, principalmente a última aventura, em que venceu todo o bando de Perna com apenas um charuto, eram lembrados em músicas, passavam de boca em boca, contados às crianças antes de dormir, construindo aos poucos uma lenda.

Super Silva se transformou em um símbolo de revolta. Deram seu nome à associação de moradores, que se tornou mais combativa na luta por seus direitos e mais corajosa em suas reivindicações.

Um artista esculpiu num bloco de cimento uma estátua em tamanho natural de Super Silva e o povo a colocou no centro do largo do Pires. Os traficantes tentaram tirá-la de lá, mas acabaram desistindo, com medo da reação das pessoas.

O enredo da Escola de Samba da Mangueira para o ano seguinte foi escolhido por unanimidade: "Super Silva, o Herói do Povo".

Oito meses depois da tragédia, Betinha foi abordada por um homem, quando saía da escola.

— Trabalho para uma agência de modelos — ele disse — e gostaria de saber se você está interessada em participar do nosso concurso anual para escolha de novos talentos.

— Eu? — ela se espantou.

— Você tem o tipo ideal. É perfeita para o que estamos precisando. Claro, não precisa responder agora. Aqui está o meu cartão. Me ligue, se estiver interessada.

Betinha chegou em casa gritando:

— Mãe! Vó! Vou ser modelo e manequim!

— Vai é limpar o banheiro, que hoje é o seu dia — resmungou Tereza, debruçada sobre a máquina de costura.

— Olha aqui, mãe. É o cartão do homem.

— Que homem?

— Da agência. Me chamou pra um concurso e...

— É algum tarado. Esquece.

Mas Betinha não esqueceu e ligou. Queria saber mais detalhes. O homem disse que o concurso seria numa pousada na Ilha Grande, onde ela passaria o fim de semana.

— Só vou se minha mãe for — disse a menina.

— É claro. E será tudo por conta da nossa agência. Você terá um chalé exclusivo, e pode chamar os seus familiares. Mandaremos as passagens e o endereço da pousada.

E assim, numa sexta-feira ensolarada, desceram todos da barca no cais da praia do Abraão, na Ilha Grande.

Seguindo o mapa que a agência enviara, caminharam durante meia hora por uma linda estrada, sob árvores enormes, acompanhados por um bando de micos.

Havia uma grande porteira, com uma placa enorme em cima: "Pousada do Martelo Dourado". Passaram por ela, caminharam por entre chalés de madeira cercados de flores, até a casa dos fundos, imensa, com uma varanda larga, cercada por mangueiras frondosas.

Tereza já desconfiava.

Silva os esperava na rede da varanda, com a camisa do Botafogo, uma lata de cerveja e um enorme charuto.

— E foi isso — ele contou. — A família já havia pago o resgate do rapaz. O dinheiro estava lá, numa bolsa. Tinham deixado o gordão de guarda e saído pra providenciar a fuga. O rapaz fugiu, saiu correndo, algemado num pedaço da cama e tudo. Bom, ele foi por um lado e eu por outro. Com a grana, claro. Uma pequena recompensa pelo serviço prestado à família do empresário. E saí bem na hora, porque jogaram uma granada lá de cima e ainda cheguei a ver o barraco indo pelos ares.

— E deixou a gente nessa aflição, passando necessidade — resmungou a sogra.

— Nem pra avisar — chorava Tereza.

— Ô, minha nega... não fica assim... desculpa, mas eu precisava deixar a coisa esfriar. Se eu tentasse falar com vocês podiam descobrir... os homens do Perna... iam matar todo mundo... custei a encontrar um jeito... aí paguei um amigo aqui da ilha pra bancar o tal agente de modelos... agora acabou. Vocês ficam aqui. A pousada é nossa. E temos um barco. Nem precisam mais voltar pro morro.

— Sabe o que eu descobri esses meses sem você, amor?

— Fala, nega.

— Você sempre foi o nosso herói.

— É o fim do Super Silva? — perguntou Valtencir.

— Não, moleque. Ele agora está no ramo de animação de festinhas de aniversário. Muita cerveja, bolo e brigadeiro de graça. E eu já espalhei que o Robin tá chegando.

— Legal! — gritou Bira.

— Mas por que uma ilha, pai?

— Não tem nenhum maldito pneu por aqui, filha.

Bate-papo com

Ivan Jaf

A seguir, conheça mais sobre a vida, a obra e as ideias do autor de O Super Silva.

NOME: **Ivan Jaf**
NASCIMENTO: 5/1/1957
ONDE NASCEU: Rio de Janeiro (RJ)
ONDE MORA: Rio de Janeiro (RJ)
QUE LIVRO MARCOU SUA ADOLESCÊNCIA: *Trópico de Capricórnio*, de Henry Miller.
MOTIVO PARA ESCREVER UM LIVRO: aliviar a pressão das histórias que surgem dentro de mim.
MOTIVO PARA LER UM LIVRO: prazer intelectual.
PARA QUEM DARIA SINAL ABERTO: meu filho.
PARA QUEM FECHARIA O SINAL: para os outros carros.

Um escritor que une humor à crítica social

O carioca Ivan Jaf estudou Comunicação e Filosofia nos anos 1970 e passou algum tempo viajando pela Europa e América Latina até voltar ao Rio de Janeiro, onde vive hoje.

Sempre **bem-humorado**, Ivan Jaf descreve como se tornou escritor: ele se apaixonou por uma **máquina de escrever** antiga, adquirida numa feira de antiguidades em Londres, na Inglaterra. Para usá-la começou a escrever poemas... daí em diante, não parou mais.

Artista versátil e talentoso, ele é autor de vários **livros para crianças e jovens**. Criou ainda roteiros para histórias em quadrinhos de terror e de ficção científica, além de ter escrito textos para teatro e cinema.

Na entrevista a seguir, Ivan fala um pouco de suas fantasias juvenis e de Super Silva — **o herói que tem a cara do Brasil**.

Para começar, uma curiosidade: o Silva foi inspirado em alguém?
Sim. Num borracheiro que trabalha ao lado de um botequim na avenida Brasil, na altura do bairro da Penha. Meu pneu furou ali perto, num triste final de tarde chuvoso. Um escritor está sempre por aí, caçando personagens.

Como você escolheu os super--heróis que compõem o Super Silva?
Quando vi aquele homem maltratando o pneu, resolvendo o meu problema a marteladas, lembrei do Thor. Batman e Super-Homem me vieram em seguida, pela fama. O Homem-Aranha foi sacanagem mesmo. Imaginei o Silva escalando um edifício com aquela barriga.

A gente percebe que você usa o humor e a linguagem leve tanto para contar a história de Silva como para fazer crítica social. Por que você optou por esse tipo de linguagem?
Não é uma questão de opção. A história se apresenta de uma forma, e procuro apenas fazer o melhor que posso. De qualquer maneira, desde que vesti aquele borracheiro com roupas de super-heróis, ficou difícil não tratar do assunto com humor. Mas, como a escrita só se completa com a leitura, espero que o leitor complemente o meu trabalho percebendo o lado sério de sua crítica social.

O que você lia na adolescência?
Quadrinhos, policiais, espionagem, aventuras, épicos, relatos de viagens e eróticos. Mergulhava de cabeça. A ponto de ler um faroeste usando chapéu de caubói ou comprar um cantil para acompanhar o personagem na travessia do Saara. Meus pais

Estação: Mangueira
Em meados do século XIX, perto do morro dos Telégrafos, no Rio de Janeiro, surgia uma empresa que fazia chapéus. Por causa de um mangueiral que havia nas proximidades, ela logo ficou conhecida como Fábrica de Chapéus Mangueira. Esse nome tornou-se tão popular que, em 1889, a Central do Brasil denominou a estação local de trem de Mangueira. Por consequência, o morro ao lado da linha férrea também passou a ser chamado pelo mesmo nome, enquanto Telégrafos permaneceu apenas para identificar uma parte desse morro. Palco para as peripécias do Super Silva, o morro da Mangueira é hoje conhecido, principalmente, pela escola de samba Estação Primeira de Mangueira, criada no local em 1928 e que se transformou em uma das principais protagonistas do Carnaval carioca.

foram sábios e me deixaram fugir da realidade à vontade.

Qual é o seu super-herói preferido?
Essa questão tem variado com o passar dos anos. No começo era o meu pai. Depois vieram os norte-americanos. Hoje sou eu mesmo. Em certos momentos.

E entre os heróis oficiais?
Sempre me liguei no Thor. Ele não queria ajudar ninguém, isso era só uma consequência. Entrava nas lutas pra morrer e ir se encontrar com uma mulher linda em outro plano. Brigava só com um martelo, querendo morrer, sem conseguir, não pra defender um país, uma ideologia, ou por caridade, mas por uma mulher, e contra os deuses.

Na sua opinião, qual seria o maior desafio para um super-herói no Brasil?
Trabalhar no verão.

Você, que sempre morou no Rio de Janeiro, o que teria a dizer sobre a violência na cidade?
Eu diria que os crimes provocados pela ganância são os piores, e geram os crimes provocados pela miséria. Nesse ponto, talvez a população de Brasília seja a que mais convive com o mundo do crime.

Algum recado mais?
Queria pedir pro pessoal da editora não dar o meu endereço ao tal borracheiro da avenida Brasil, se ele aparecer por aí.

Thor, o deus do trovão

O visual do Super Silva é uma mistura de diversas roupas de heróis conhecidos. O capacete, por exemplo, é do Thor — assim como o martelo usado para consertar pneus, que ajudou a compor a aparência do herói brasileiro. Na mitologia nórdica, Thor é o deus que domina as forças da natureza. Ele é representado pelo trovão e carrega sempre um martelo, o Mjolnir. O martelo lança raios de luz e é arremessado contra os inimigos, voltando sempre às suas mãos. Filho de Odin, o deus principal da mitologia nórdica, Thor é muito forte e também um grande comilão. Nos países escandinavos, era adorado pelos camponeses por ser um deus ligado à natureza e por lutar contra o mal. Os anglo-saxões deram o nome de Thor ao quinto dia da semana (em inglês, *Thursday*, ou *Thor's day*).

Obras do autor

PELO SELO ÁTICA

O SUPERTÊNIS (juvenil, 1996)
O robô que virou gente (juvenil, 1999)
O vampiro que descobriu o Brasil (juvenil, 1999)
Aguenta firme (juvenil, 2000)
Jovens brasileiros (paradidático, 2002)
Onde fica o ateneu? (juvenil, 2002)
Dez dias no cortiço (juvenil, 2004)
Longe dos olhos (juvenil, 2004)
Dona Casmurra e Seu Tigrão (juvenil, 2006)
De cara com a violência (paradidático, 2007)
Consertam-se arco-íris (infantil, 2007)
A insônia do vampiro (juvenil, 2007)
Um vampiro apaixonado na corte de D. João (2007)
A moreninha 2: a missão (2008)
As revoltas do vampiro (2008)
O cortiço (com Rodrigo Rosa, 2009)
O guarani (com Luiz Gê, 2009)
Os Sertões (juvenil, 2009)
De olho na corrupção (paradidático, 2010)
O preço do consumo (paradidático, 2010)
O Mestre das Sombras (juvenil, 2011)
O Cidadão Invisível (paradidático, 2011)
Dom Casmurro (juvenil, 2012)
A escrava Isaura (juvenil, 2012)
Memórias de um sargento de milícias (juvenil, 2013)
O Vampiro e o Zumbi dos Palmares (juvenil, 2013)
Guerra É Guerra (juvenil, 2013)

Histórias sobre leituras, livros e leitores (juvenil, 2015)
Amar, verbo intransitivo (juvenil, 2017)

PELO SELO ATUAL

A ponte para o passado (juvenil, 1993)
A montanha dos ossos do dragão (juvenil, 1994)
Manual da sobrevivência familiar (juvenil, 1997)
A chave de casa (juvenil, 1999)
Sonho de minhoca (infantil, 2005)
Projetos Póstumos de Brás Cubas (2006)
Cidade maravilhosa (2009)
Bullying no aquário (juvenil, 2012)

PELO SELO SARAIVA

Um anarquista no sótão (juvenil, 2012)
Labirinto (juvenil, 2015)

PELO SELO SCIPIONE

Coração das trevas (juvenil, 2014)
Um caminhão de mudanças (juvenil, 2015)
Três maneiras de manter a alma unida ao corpo (juvenil, 2015)